AF220556

Impressum

© 2020 Larissa Herrmann

Originalausgabe herausgegeben von P. Wagner

Wanipa Media.de

München/Eschershausen

Herstellung und Verlag: BoD – Books on Demand, Norderstedt

ISBN: 978-3-7526-7478-1

Coverfoto © PantherMedia /Sven Esche

Die Münchner Fetisch-Fabrik

Larissa Herrmann

Kapitel 1

Keuchend trug Joachim die letzte Kiste von unserem kleinen Polo in mein neues WG-Zimmer. Er schmiss sie auf den Boden, wischte sich den Schweiß von der Stirn und sagte schnippisch zu mir: „So Schwesterchen. Ab jetzt musst du alleine klarkommen."

„Keine Sorge", antwortete ich, „ich bin mir sicher, dass ich auch ohne dich super zurechtkomme.

Joachim lachte und holte sein Papier und Tabak heraus. Er nahm eine Fingerspitze Tabak und rollte sie in das Papier ein. Vorsichtig schaute er zu mir hoch. Ich stand verunsichert neben dem Bett und beobachtete meinen Bruder, wie er eine fertig gerollte Zigarette in seinen Mund steckte. Er packte sein Papier und das Päckchen mit dem Tabak in die Innentasche seiner Jacke zurück.

„Willst du etwa in meinem neuen Zimmer rauchen?", fragte ich ihn verunsichert.

Joachim lachte und fingerte in seiner anderen Jackentasche, um sein Feuerzeug herauszuziehen.

„Nein, nein, nein.", schimpfte ich und versuchte ihm das Feuerzeug aus der Hand zu nehmen, „das hast du schonmal in meinem Zimmer gemacht und Mama dachte, ich fange jetzt auch noch an zu rauchen. Ich will nicht, dass meine neue Mitbewohnerin gleich ein schlechtes Bild von mir hat."

Joachim schubste mich auf mein Bett und lachte mehr.

„Versuchst du etwa, mich mit Gewalt aufzuhalten? – Keine Sorge, Schwesterchen, ich kann mich noch beherrschen."

Er steckte das Feuerzeug zurück in seine Jackentasche und schob sich die Zigarette hinters Ohr. Ich wusste, dass er nur Spaß machte, aber ich wusste auch, wie unberechenbar mein großer Bruder sein konnte. Einmal hat er mir aus dem Publikum während eines Volleyballspiels eine leere Plastikwasserflasche gegen den Kopf geworfen. Der Schiedsrichter ließ das Spiel ohne Wiederholung weiterlaufen. Natürlich kam in diesem Moment der Ball zu mir und ich versaute die Annahme. Meine Teamkolleginnen waren sauer. Immerhin ging es um was. Mit finsteren Minen starrten sie auf die Zuschauertribüne, während Joachims lautes Lachen durch die ganze Halle drang.

„Mach dir nichts draus, mein Bruder ist auch ein Trottel", sagte eine Kameradin und schlug mir auf die linke Pobacke.

Eigentlich hatte ich jeden Grund, um meinen Bruder zu hassen. Aber irgendwie wusste ich, dass er mich insgeheim liebte. Nicht jeder Bruder kommt zu allen

Spielen seiner nervigen kleinen Schwester und feuert sie an... oder wirft mit einer Wasserflasche nach ihr. Er gehörte zu den Menschen, die ihre Gefühle aber auch nicht gerne zeigten. Natürlich hatte er mich lieb, er würde es aber niemals zugeben.

Inzwischen hatte Joachim mein Zimmer verlassen und stand mit seiner angezündeten Zigarette vor der Haustür. Wenigstens habe ich ein paar Minuten Ruhe, dachte ich mir und öffnete einen Umzugskarton. In diesem Karton lag ein liebevoll gestaltetes Buch. Eine Feder war auf das Cover geklebt und ein Mannschaftsfoto von meinen Mädels und mir schmückte das Zentrum. Alle meine Freunde waren im Volleyballverein. Jetzt habe ich sie alle zurückgelassen. Mein Herz wurde schwer, während ich daran dachte, dass ich sie nicht mehr so regelmäßig werde sehen können. Aber ich wusste, dass ich sie trotzdem hin und wieder besuchen würde, wenn mein Studium mir nicht zu viel abverlangte. Oder Semesterferien – Ja, Semesterferien sind gut und lang. In den Semesterferien hat man genug Zeit, um seine alten Freunde in der Heimat zu besuchen. Ich beobachtete, wie mir eine Träne über die linke Wange lief. Prompt schaute ich nach oben. Hoffentlich hat Joachim das nicht mitbekommen.

Ich spähte aus dem Fenster. Mein Bruder stand zusammen mit meiner neuen Mitbewohnerin vor der Haustür und rauchte. Es musste schon mindestens seine zweite Zigarette sein. Ich beobachtete, wie er erneut ein

Lachen auf den Lippen trug. Mein Bruder lachte dauernd und zu den unmöglichsten Zeiten. Meine Mitbewohnerin schien das auch bemerkt zu haben. Augenrollend schenkte sie ihm ein falsches Grinsen. Sie schmiss ihre Zigarette auf den Boden, trat sie aus und ging zurück ins Haus. Ich hörte wenige Minuten später, wie die Wohnungstür aufgerissen wurde. Meine Mitbewohnerin betrat die Wohnung. Nur zwei Schritte hinter ihr folgte mein Bruder.

Meine Mitbewohnerin steuerte auf mich zu und reichte mir die Hand.

„Hi, Kleines. Ich bin Veronika, aber meine Freunde nennen mich Vroni."

„Hallo Vroni", entgegnete ich.

„Habe ich gesagt, dass wir Freunde sind?", grinste sie.

Verlegen schaute ich auf den Boden. Vroni lachte.

„Wir können Freunde werden." Sie lehnte sich vor und flüsterte mir zu: „Außer, du bist so wie dein Bruder. Dann ist das eher unwahrscheinlich."

Ich konnte mir ein spöttisches Grinsen nicht verkneifen. Was hatte Joachim jetzt wieder angestellt? Wollte er sich an meine Mitbewohnerin ranschmeißen? – Ich war mir sicher, das wollte er. Oh mein Gott. Ich traute mich gar nicht, mir auszumalen, was er gemacht hatte. Ob er von seiner aktiven Karriere als Fußballer erzählte oder was Schlimmeres. Er erzählte jeder Frau, die er kennenlernte, immer sofort von seiner vermeintlichen Sportlerkarriere. Oder ist er gleich in die Vollen gegangen und erzählte ihr von seiner erfolgreichen Reise durch sämtliche Betten in Dresden? – Eines muss man meinem Bruder aber neidlos lassen: Er schafft es immer, peinliche Situationen zu überspielen. Es interessiert ihn nicht, was andere Leute von ihm denken. Diese Denke habe ich leider nicht vererbt gekriegt. Ich zerbreche mir dauernd den Kopf darüber, was andere von mir halten.

Habe ich die richtigen Klamotten an? Sehe ich vielleicht zu „leicht" aus? Liegen meine Haare richtig? War es klug, an dieser Stelle zu lachen? Habe ich sie oder ihn mit dieser Aussage beleidigt? Bla bla bla... Mein Kopf ist eine riesige Festplatte, die sich dauernd über meine Wirkung Gedanken macht. Ist Festplatte dafür die richtige Metapher? – Keine Ahnung

 „Keine Sorge. Ich bin nicht wie mein Bruder. Ich bin im Prinzip das genaue Gegenteil."

 „Das genaue Gegenteil klingt gut.", sagte Vroni. „Wenn du genau wie dein Bruder wärst, würde ich mich nicht mit dir abgeben wollen."

 „Das hast du jetzt aber ganz schön laut gesagt.", sprach Joachim verwundert.

„Natürlich. Ich will ja auch, dass du weißt, was Sache ist."

Ich schüttelte den Kopf und ging auf Joachim zu.

„Ich denke, du kannst mich jetzt echt alleine lassen, bevor du noch mehr Mist machst. Ich komme schon klar. Das bin ich immer."

„Wie wäre es", räusperte er sich, „mit einem kleinen ‚Dankeschön! Toll, dass du mich und meinen Krempel extra in meine neue WG gefahren hast'?"

Ich lachte. Irgendwie war das süß. Ich mochte meinen großen Bruder, aber genau wie er war ich irgendwie nicht in der Lage, meine Gefühle ihm gegenüber auszudrücken. Wortlos öffnete ich meine Arme und ging weiter auf ihn zu.

„Danke, großer Bruder."

Er öffnete seine Arme ebenfalls und gab mir eine große und liebevolle Umarmung. Wir brauchten keine Worte, denn ich wusste genau, dass er mich liebte. Er war trotz seiner Ecken und Kanten ein echt toller Bruder. Ich wusste nicht, was ich ohne ihn machen solle. Wahrscheinlich hätte ich meinen Umzug komplett selbst machen müssen. Auch wenn ich nicht ganz so viele Sachen hatte, wäre das keine leichte Herausforderung gewesen. Vermutlich hätte ich eine Umzugsfirma beauftragen müssen.

Bei dem Weg nach draußen warf Joachim mir schnippisch Luftküsse zu. Ich lächelte und schaute ihm hinterher, wie er die Wohnungstür schloss. Ich rannte ans Fenster und wartete gespannt, wie die Haustür aufging. „Das erste, was er machen wird, ist sich eine neue Zigarette zu drehen", dachte ich.

Ich lag falsch. Die Zigarette war bereits gedreht. Er zündete sie sich nur noch an und lehnte sich an unser keines Auto. Es ist schon verrückt, dass meine ganzen Sachen in diesen kleinen Polo gepasst haben. Mein ganzes Leben passt also in ein kleines Auto. Im Vergleich zu anderen Mädels in meinem Alter lebe ich wohl ziemlich minimalistisch.

Ich ließ meinen Blick durch das Zimmer wandern. Drei unausgepackte Umzugskartons standen auf dem Boden. Zwei hatte ich bereits auf die rechte Seite meines Bettes gelegt und jeweils zur Hälfte ausgeräumt. Die Wände waren leer und trostlos. Mein Zimmer war zum Teil rosa und zum Teil weiß gestrichen. Ich persönlich stehe eher auf blau oder rot. Aber als angehende Psychologin wusste ich, dass rote Farbe auch aggressiv machen konnte.

Kapitel 2

„Ey, Kleine!", rief es aus der Küche. „Komm ma'
her."

Ich bewegte mich in Richtung Tür und schaute noch
einmal zurück aus dem Fenster. Mit vorsichtigen
Schritten schlich ich in die Küche. Vroni hatte am Tisch
platzgenommen und kaute auf einem Kaugummi herum.
Sie griff nach einer Chipstüte, die neben ihr auf der
Eckbank lag.

„Willste'?", fragte sie freundlich, aber auch
irgendwie bestimmend.

„Nein danke. Das ist irgendwie nicht so meins.",
antwortete ich und setzte mich auf den Stuhl, der Vroni
gegenüber stand.

Sie rollte die Augen und fingerte an dem oberen Ende
der Chipstüte herum. Ihre langen schwarzen Haare
streiften den Tisch. Ich fragte mich, wie sie mit ihren
langen Fingernägeln die Tüte überhaupt aufbekommen
wollte. Gefühlt dauerte es eine Ewigkeit, bis die Tüte
endlich nachgab.

„Was isst 'n du so?", fragte sie ohne mich dabei
anzusehen.

„Obst, Gemüse... sowas halt."

„Du verarscht mich doch! Keine Chips? Keine Snacks? Woher kommen denn die Kalorien für deinen Sport? – Ich sage dir, ohne Chips wäre ich lange nicht so muskulös. Ich trainiere. Ich trainiere viel."

Sie langte mit ihrer rechten Hand in die Tüte und holte zwei große Kartoffelchips heraus. Ohne zu zögern stecke sie sich beide in den Mund und kaute mit offenem Mund. Das Kaugummi war da auch noch drin.

„Sicher, dass du nicht willst?"

Ich schüttelte den Kopf und beobachtete, wie ihre Hand erneut in die Tüte wanderte.

„Wie lange wohnst du denn schon in München?", frage ich und starrte dabei etwas verlegen auf die Chipstüte.

Veronika hielt ihre linke Hand vor sich und zählte die Finger ab. Sie hob ihre Hand hoch und zeigte vier.

„Vier Jahre. Hab erst was anderes studiert. War erst so auf der Medienschiene, war dann aber nicht so gut in den Projekten. Ich bin eher der Typ, um trockene Arbeiten zu schreiben, eher weniger der Typ für Designprojekte und so ein Zeug. Das bedeutet aber nicht, dass ich am Designen keinen Spaß habe. Im Gegenteil. Ich liebe es zu Zeichen. Logos entwerfe ich auch gerne.

Aber diese komischen Vorgaben in der Uni: Zeichne das, damit das passieren kann. – Voll öde! Ich will meine eigene Kreativität ausleben. – Wie ist 'n das bei dir?"

„Ich studiere in einer Woche Psychologie.", antwortete ich. „Haben wir darüber nicht bei der Vorstellung gesprochen?"

„Kann sein. Sowas Unwichtiges merke ich mir nicht."

Ich brachte ein verlegenes und gequältes Lachen heraus.

„Was war 'n das?", fragte Vroni mit einem fragenden Gesichtsausdruck.

Ich zuckte mit den Schultern.

„Alter. Das kann nicht gesund sein.", sagte sie und griff erneut beherzt in die Chipstüte.

Verlegen schaute ich auf den Boden. Ich sah unter dem Küchentisch Veronikas Sportschuhe hervorragen. Solche Schuhe hatte ich auch. Ich glaubte aber, dass ich sie bei meiner Mutter vergessen hatte. Wer weiß, was Joachim mit ihnen anstellte. Wahrscheinlich verkaufte er sie als Fetischobjekt nach Japan. Etwas Derartiges hatte er zwar bisher nicht gemacht, es war ihm aber durchaus zuzutrauen.

Vroni trat mich gegen das Schienbein.

„Ey, starr nicht meine Schuhe an und antworte auf meine Frage. Was machst'n so in deiner Freizeit?"

Ich schüttelte mich ein wenig und antwortete dann: „Ich spiele Volleyball und lese viel. Am liebsten Liebesromane."

„Oh Gott! Ich wohne mit Mutter Theresa zusammen."

Vronis Augen rollten erneut in der Gegend herum bis sie bei der Chipstüte stehen lieben. Sie griff hinein und holte drei heraus. Dabei fiel ihr einer auf den weißen Hoodie.

„Was machst du denn so?", fragte ich um der unangenehmen Stille auszuweichen.

Veronika griff mit ihren langen Fingernägeln nach dem Kartoffelchip, der ihr auf die Brust gefallen war. Sie schaute ihn sich an, drehte ihn ein, zweimal und stecke ihn sich anschließend in den Mund.

„YouTube!", antwortete sie mit vollem Mund. „Ich mache Videos... Schminktipps und so ein Zeug. Lifestyle halt!"

„Das ist eine gute Nische.", sagte ich. „Das kann ja recht viel Geld abwerfen. Verdienst du denn damit Geld?"

Vroni lachte herablassend.

„Geld verdienen! Von wegen!"

Verunsichert schaute ich wieder auf ihre Schuhe. Sie überschlug ihre Beine und kreiselte mit dem rechten Fußgelenk. Sie trug eine blaue Jeans mit einem langen Loch über dem rechten Knie. Durch dieses Loch konnte man ihre gebräunte Haut erkennen. Sie musste ins Solarium gegangen sein. Anders konnte ich mir diese gleichmäßige Bräune nicht erklären. Vroni war allgemein eine sehr schöne Frau. Die Jungs mussten ihr massenweise zu Füßen liegen. Ich fragte mich, ob sie einen Freund hatte.

„Ey. Hast du ‚nen Freund?", klang es plötzlich.

Ich schreckte auf und sah, dass Veronika mich mit einem erwartungsvollen Blick anschaute. Ich schüttelte den Kopf. Vroni begann zu lachen.

„Das wird großartig. Zwei Singles in einer Wohnung!"

Mit dieser Aussage hatte ich meine Antwort.

„Ich zeig dir ma‘ was."

Vroni sprang von der Eckbank auf. Sie würdigte mich keines Blickes und schritt in ihr Zimmer. Ich schaute ihr hinterher. Ich war mir nicht sicher, ob ich folgen sollte. Irgendwie sendete sie sehr widersprüchliche Signale. Mochte sie mich oder nicht? Zum damaligen Zeitpunkt konnte ich es nicht sagen. Es muss einen Grund geben, warum sie sich ausgerechnet für mich als Mitbewohnerin entschieden hatte. Sie hatte vermutlich mehrere tausend Bewerbungen und hunderte Besichtigungen. Wohnungen in München waren begehrt. Du konntest Millionär werden, auch wenn du nur einen kleinen Pappkarton hinter der Uni zu vermieten hattest. Leute zahlten jeden Preis, um in die bayrische Hauptstadt zu ziehen.

„Kommste' jetzt?", rief Vroni aus ihrem Zimmer.

Ich stand vom Tisch auf und machte mich auf den Weg in Veronikas Zimmer. Ordentlich war etwas Anderes. Überall lagen Kleidungsstücke herum. Ob diese Stücke sauber waren oder nicht, konnte ich nicht mit Sicherheit sagen. Sie sahen nicht dreckig aus, aber warum sollte man saubere Wäsche so lieblos in der Gegend herumwerfen?

„Achte einfach nicht auf den Mist. Mein Schrank ist zu klein. Sollte mir mal 'nen neuen kaufen."

„Gut, gut.", sprach ich.

Mein Blick folgte Vronis rechtem Zeigefinger. Sie saß an ihrem Schreibtisch und hatte ihr Laptop geöffnet. Sie zeigte auf die YouTube Startseite. Mit einem schnellen Klick öffnete sich ihr Nutzerprofil.

„Zu wenig Aufrufe. Sage ich ja."

17

Ich warf einen Blick auf ihre Statistik. Sie hatte über zweihundert Videos hochgeladen. Kaum ein Video hatte hundert Aufrufe. Ich griff nach der Maus und scrollte durch ihr Profil. Ich scrollte an Makeup Tutorials, „Follow me around"-Videos und dem ein oder anderen Fashionbeitrag vorbei. Bei einem Video blieb ich aber stehen. Zehntausend Aufrufe? – Was hatte dieses Video, was die anderen nicht hatten?

Mein Blick schweifte über die Thumbnail. Auf dem Vorschaubild sah ich Veronika in einer engen Nike Lauftigts und einem schwarzen Oberteil. Sie hielt ihren etwas großen Hintern in die Kamera und deutete auf ihn. „Sportoutfit Haul" stand auf dem Titel.

„Dieses Video ist erfolgreicher als die meisten anderen. Weißt du, wie das kommen kann?", fragte ich sie.

„Vermutlich...", versuchte sie sich zu rechtfertigen, „haben die großen Konzerne, für die ich hier Werbung mache, für die Aufrufe gesorgt."

Klang im ersten Moment nicht unwahrscheinlich. Doch ich hatte eine etwas plausiblere Idee:

„Kann es sein, dass diese Aufrufe von Männern stammen, die deinen Hintern sehen wollen?"

Vroni sah mich entsetzt an.

„Soll das heißen, ich mache mich mit diesem Video zum Sexobjekt?"

Verlegen versuchte ich meine Aussage zu korrigieren: „Nein, äh... natürlich nicht..."

Vroni lachte: „Schade. Das hätte ich gut gefunden. Natürlich habe ich daran aber auch schon gedacht. Ich bin ja nicht deppert."

„Vielleicht solltest du mehr Videos in diese Richtung machen. Es kommt ein Bisschen darauf an, wer deine Zielgruppe sein soll."

„Ich will, dass mein Kanal oft geklickt wird. Wer meine Zielgruppe ist, ist mir dabei vollkommen egal."

Ich wendete mich von ihr ab und ging tiefer in ihren Raum hinein. Ihr Zimmer war größer als meins. In der Mitte stand ein großes Bett, in das locker auch drei Personen passten. Die große Matratze war schwarz bezogen, passend zu der dunklen Tapete. An der Wand hing ein Poster von irgendeinem Schönling, den ich zwar schonmal irgendwo gesehen hatte, ich aber nicht richtig zuordnen konnte. Unter dem Poster stand ein kleiner Schrank. Ein weißes T-Shirt mit der Aufschrift „Lass mich weiterschlafen" lag darauf. Mein Blick wanderte weiter nach links. Gegenüber vom Bett stand der große Kleiderschrank. Die Tür wölbte sich bereits nach außen.

Er musste hoffnungslos überfüllt sein. Ich machte einen Schritt auf den Schrank zu. Vroni drehte sich zu mir um.

„Nur zu!", rief sie mir entgegen. „Wenn du willst, kannst du dir meinen Schrank ansehen. Vielleicht findest du ja die eine oder andere Inspiration. Ich habe deine wenigen Kisten gesehen. Du brauchst dringend neue Klamotten."

Ich ging auf den Schrank zu und öffnete die Tür. Mein Blick wanderte von der oberen linken in die obere rechte Ecke. An der Stange in der Mitte baumelten zahllose Sommerkleider, T-Shirts, Pullover, Dessous und Röcke. Auf den Ablagen zu meiner Linken lagen Jeans, Stoffhosen und Strumpfhosen. Aus der oberen Ablage purzelte mir plötzlich ein komischer Anzug entgegen. Er hatte die Haptik einer Strumpfhose, jedoch sah er eher wie ein großer Strampelanzug aus. Ich hob den Anzug auf und faltete ihn in meinen Händen auseinander. Es war ein Ganzkörperanzug mit Leopardenmuster.

„Veronika, was ist denn das?", fragte ich und hielt ihr den Anzug entgegen. Sie drehte sich um und grinste.

„Das nennt sich Morphsuit.", sagte sie. „Ich habe ihn noch von einem Fotoshooting fürs Studium. Er fühlt sich herausragend weich an. Willst du ihn mal anziehen?"

Ich schüttelte den Kopf. „Nee, lass mal." Verzweifelt versuchte ich den Anzug wieder in den Schrank zu stopfen. Doch in diesem Moment stand Vroni bereits neben mir und zog den Anzug wieder aus dem Schrank hervor.

„Er fühlt sich fantastisch an. Wie eine zweite Haut. Probiere ihn mal an, er wird dir gefallen."

Hilfesuchend schaute ich in ihre Augen. Ich hoffte, sie machte nur Spaß. Doch ihr Blick sah ernst aus. Ich musste zugeben, dass ich auch ein gewisses Interesse daran hatte, den Anzug einmal anzuhaben. Vor einiger Zeit hatte ich sogar von einer Art Speed Dating gehört, an dem man teilnahm, während man einen Morphsuit trug. Ich griff nach dem Anzug und legte ihn auf ihr Bett. Ich schlüpfte aus meinen Flipflops und begann, meine Füße in den Anzug zu stecken.

„Willst du den Anzug etwa über deiner Kleidung tragen?", fragte Vroni ungläubig.

„Ja", antwortete ich, „ich will deinen Anzug doch nicht schmutzig machen."

Vroni schüttelte den Kopf. „Zieh deine Shorts und dein Top aus. Deinen BH und Schlüpfer kannst du anbehalten."

Ohne groß zu überlegen, öffnete ich den Reißverschluss meiner Jeansshorts, zog meine Hose herunter und schlüpfte aus ihr heraus. Mit beiden Händen griff ich nach meinem Top. Vorsichtig zog ich es über meinen Kopf und schmiss es auf meine Hose, die am Boden lag. Ich setzte mich auf Veronikas Bett. Meine Beine glitten langsam durch die Beine des Anzugs. Es fühlte sich ein wenig so an, als würde ich eine Nylonstrumpfhose überstreifen. Ich stand auf und zog den Anzug hoch. Mit meinen Armen griff ich durch die Ärmel des Morphsuits und zog sie wie Handschuhe über meine Finger. Der Anzug war sehr bequem, musste ich zugeben. Vroni langte zu dem Reisverschluss und schloss den Anzug am Rücken. Den Kopfteil stülpte ich mir nicht über. Meine Hände glitten über das weiche Material und ich spürte, wie seidig und empfindlich meine Haut unter diesem Stoff zu sein schien. Neben dem Schrank stand ein Spiegel. Ich ging auf den Spiegel zu und betrachtete meinen Körper. Der Anzug bedeckte meinen ganzen Körper bis auf meinen Kopf. Meine Hände fuhren über meine Rippen und ich spürte das Gefühl, das Vroni eben noch meinte. Es war ein Gefühl der Leichtigkeit. Irgendwie fühlte ich mich nackt, aber nicht auf eine unangenehme oder schamvolle Weise. Mein Herz schlug etwas wilder, als ich mich im Spiegel betrachtete. Ich hatte plötzlich Gedanken, die ich in meinem ganzen Leben noch nie hatte: Ich war stolz auf meinen Körper. Ich war schlank und der Anzug passte sich perfekt an meine Form an. Kein Härchen war zu sehen, für das ich mich schämen musste. Mein Körper war perfekt und er hatte den perfekten Umfang.

„Wie fühlt es sich an?", fragte Vroni.

„Wie du gesagt hast.", antwortete ich. „Irgendwie wie eine zweite Haut."

„Warte mal. Du hast da noch ein paar Hubbel. Die mache ich dir eben weg."

Vroni stürzte zu mir und versuchte die Falten, die der Anzug auf meinem Gesäß schlug, glattzubügeln. Dabei strichen ihre Hände sanft über mein Gesäß und zu meinem Rücken hinauf. Langsam wurde ich nervös. Ich spürte ein leichtes Kribbeln auf meiner Haut, das immer unangenehmer wurde. Veronikas Hände strichen über meine Rippen und das Kribbeln wurde stärker. Ich konnte das Zucken nicht mehr zurückhalten und stieß einen krampfhaften Schrei aus.

„Was war das denn?", grinste Vroni. „Ist meine neue Mitbewohnerin etwa kitzlig?"

Ich schüttelte den Kopf und versuchte verzweifelt meinen Körper aus ihren Fängen zu lösen. Doch sie gab nicht nach und bohrte ihre langen Fingernägel in meine Seiten. Ich hatte das Gefühl, als würde mich der Anzug noch kitzliger machen, als ich ohnehin schon war. Ich windete mich nach rechts und konnte zumindest eine Hand loswerden. Mit der verbleibenden linken Hand wanderte Vroni unter meine Achsel. Ich spürte einen plötzlichen Schwächeanfall und sank zu Boden. Mit der rechten Hand griff sie unter meine rechte Achsel und rieb ihre langen Fingernägel über meine hilflose und schwache Haut. Ich stieß ein krampfhaftes Lachen und ein „Bitte aufhören!" aus. Für einen Moment ließ Vroni mich los und ich nutze die Chance und lief in mein Zimmer. Ich knallte die Tür und setzte mich auf den Boden direkt vor meinem Eingang.

„Sie mag mich.", murmelte ich.

Ich streckte meine Beine aus und betrachtete den Anzug aus einer neuen Perspektive. Ich schaute auf meine glatten Beine, die unter dem Leopardenmuster jeden einzelnen Muskel zeigten. Meine rechte Hand fuhr mein Bein entlang. Ich traute es nicht zu Ende zu denken, aber ich war der Meinung, dass ich so einen Anzug häufiger tragen sollte. Vielleicht etwas schlichter. Blau oder Rot, aber in jedem Fall glänzend.

Kapitel 3

„Du schuldest mir was!", sagte Vroni, als sie am Frühstückstisch saß.

„Ja, natürlich bekommst du den Anzug wieder. Darf ich im Austausch meine Jeansshorts und mein Top wiederhaben?"

„Dieses orangene Ding? Von mir aus. Ich weiß ehrlich gesagt nicht, warum ich das überhaupt noch in meinem Zimmer dulde."

Das war ein eindeutiges Bashing gegen meinen Kleidungsstil. Ich räusperte mich und bewegte mich in Richtung Kühlschrank. Mit der linken Hand berührte ich den Griff und zog die Tür auf. Wirklich viel hatten wir nicht. Eine halbvolle Packung Milch stand im Inneren der Tür. Ich nahm sie heraus, hielt sie an mein Ohr und schüttelte sie in kreisenden Bewegungen. Es klang zum Glück nicht klumpig. Ich stellte das Tetra Pak auf den Tisch und griff nach einer Müslischüssel. Dabei wurde ich durchgehend von Vroni beobachtet.

„Das meinte ich nicht.", sagte sie. „Den Anzug darfst du behalten. Ich glaube, du brauchst in Zukunft keine Mitbewohnerin mehr, die dich dazu zwingen muss, ihn zu tragen."

Ich wollte es nicht zugeben, aber irgendwie hatte sie Recht. Ich konnte nicht sagen, ob es speziell dieser Ganzkörperanzug sein musste oder doch lieber einer in blau oder rot.

„Was meinst du denn dann?", fragte ich nachdenklich.

„Weißte, München ist ja eine teure Stadt und Wohnungen sind Mangelware."

Bis zu diesem Punkt konnte ich folgen.

„Du solltest mir dankbar sein, dass du mit mir zusammen in dieser Stadt wohnen darfst." Sie räusperte sich. „Aus diesem Grund solltest du mir ein paar Gefallen tun. Bin ja nicht die Wohlfahrt."

Ich drehte mich in Richtung Küchenschrank um eine Packung Müsli zu holen. Dabei verzog ich mein Gesicht aus Angst, was Vroni als nächstes von mir verlangen würde. War es irgendwas Sexuelles? Da machte ich nicht mit. Das mit dem Anzug war mir schon eigenartig genug. Ich konnte auch nicht wirklich abschätzen, was Vroni von mir dachte. Auf der einen Seite stellte sie mich wie ein nerviges Muss dar, auf der anderen Seite unterstelle ich ihr, dass sie mich unter Umständen körperlich attraktiv fand. Ich fragte mich, ob sie lesbisch war. Ich wusste nur, dass ich es nicht war. In meinen wenigen sexuellen Fantasien trieb ich es ausschließlich mit Männern. In der echten Welt außerhalb meiner Fantasien hatte ich mit Männern aber weniger Glück. Ich hatte noch nie eine feste Beziehung. Wahrscheinlich lag das auch daran, dass ich nie abschätzen konnte, wenn ein Junge auf mich stand. Wenn sich dann doch ein Junge dazu ermutigte, mich anzusprechen, gab ich ihm aus Reflex einen Korb. Die meisten dieser Körbe bereue ich bis heute.

„Worum geht es?", fragte ich. „Ist es was Sexuelles?"

Vroni lachte. Ihr Lachen klang anders als bisher. Ihr war es durchaus bewusst, dass das Prinzip „Sex gegen Wohnung" in München keine Seltenheit war.

„Sehe ich etwa aus wie ein notgeiler Mitvierziger, der kleine Studentinnen vergewaltigt? – Ich bin hetero, keine Sorge, Kleines."

Ich war erleichtert. Sie nannte ihre Sexualität mit einer Betonung, die mich etwas stocken ließ. Allerdings wusste ich aus Erfahrung das gesprochene Wort höher einzuschätzen als das, was unterbewusst mitschwang.

„Dann sag mir einfach unverblümt, was du möchtest."

Ich lächelte ihr verlegen über die Schulter zu. Diese Direktheit kannte ich von mir gar nicht. Auf der anderen Seite wollte ich aber auch nicht weiter auf die Folter gespannt werden. Vroni lachte. Sie lachte allgemein ziemlich oft. Ich hoffte, dass mir das nicht irgendwann auf die Nerven ginge. Hätte er es nicht so versaut, hätte sie wahrscheinlich ziemlich gut mit Joachim zusammengepasst.

„Weißt du, was ich an dir komisch find'?"

Sie spannte mich weiter auf die Folter.

„Du kommst doch aus Dresden. Also aus Sachsen. Diesem Flecken von Deutschland, da wo 'se so komisch redn'. – Warum sprichst du denn nicht wie dieser Typ aus diesem YouTube Video *,isch hab zweehundat Puls... bald'*?"

Mittlerweile hatte ich mich an den Tisch gesetzt und füllte eine Keramikschüssel mit Müsli.

„Meine Mutter kommt aus Hannover. Da gibt es keinen Dialekt. Mein Vater war der Sachse in der Beziehung. Seinetwegen ist meine Familie in einen Vorort von Dresden gezogen."

„Aber müsstest du dann nicht von deinem Vater her so komisch redn'?", fragte Veronika frech.

„Ich kannte ihn kaum.", antwortete ich.

„Ja, ja. Immer diese unzuverlässigen Leberwürste. Lassen eine Frau mit zwei Kindern im Stich und treiben's dann mit 'ner anderen. Dein Vater kotzt mich an. Wahrscheinlich ist dein Bruder deswegen so 'n Kotzbrocken."

Selbstgefällig ließ sich Vroni auf die Eckbank sinken.

„Mein Vater ist tot.", sprach ich kleinlaut.

Vroni entgegnete nichts, sondern starrte mich mit übergroßen Augen an. Mit der Reaktion hatte sie nicht gerechnet.

„Er ist bei einem Autounfall gestorben, als mein Bruder und ich noch im Kindergarten waren."

Ich versuchte, einen zu lauten Atemzug zu verdrängen. Ich dachte nie an meinen Vater. Wie konnte ich auch? Meine Erinnerungen an ihn verschwammen je älter ich wurde. Joachim konnte sich besser erinnern. Er war ja auch drei Jahre älter und konnte drei Jahre mehr mit Papa verbringen. Für mich gab es nur meine Mama und Joachim. Wir waren meine Familie.

Nebenbei fiel mir auf, dass wir immer noch nicht über das Anlegen gesprochen hatten, das Vroni hatte. Die Stille war kaum auszuhalten. Sie versuchte meinen Blicken so gut wie möglich auszuweichen. Ihre Aussage war ihr peinlich, was sie allerdings verstecken wollte. Ich wusste, dass es an mir lag, die peinliche Stille zu beenden. Es reichte langsam.

„Also, was wolltest du jetzt nochmal?", entgegnete ich der Stille.

„Ah ja.", antwortete sie und räusperte sich. „Machen wa's ma kurz: Bin bissl knapp bei Kasse. Kannste' mir fünfhundert für meinen Teil der Miete borgen?"

„In bar?", fragte ich.

„Nee, in Bagdad. Logisch: Cash is King. Nur Bares ist Wahres."

Ich war froh, dass ich die peinliche Stille beendet hatte und Vroni wieder zu ihrer schnippischen Art zurückkehrte. Zum Glück hatte ich tatsächlich viel Bargeld mitgenommen. Meine Mutter hatte mir das Geld zur Sicherheit mitgegeben, falls meine EC-Karte in keinen Münchner Geldautomaten passen sollte. In Bayern sei alles anders, war ihr Motto. Ich bin mir sicher, dass Bayern das auch über die Sachsen dachten. Natürlich wusste ich, dass die Karte überall passte. Ich war mir aber nicht so sicher, ob ich Veronika vertrauen konnte. Sie war meine Mitbewohnerin, also konnte sie nicht mit meinem Geld flüchten. Ich hatte es auch irgendwie im Gefühl, dass ich das Geld loswürde, wenn ich ablehnte. Früher oder später hätte sie vermutlich mein Zimmer durchsucht. Ich hatte nämlich die unpraktische Angewohnheit, mein Zimmer nicht abzuschließen. Diese negative Eigenschaft machte sich Joachim ziemlich oft zunutze.

„Wann bekomme ich das Geld wieder?", fragte ich.

„Nächste Woche. Versprochen, Kleine!"

Ich stopfte mir einen Löffel Müsli in den Mund und schlich in mein Zimmer. Warum ich auf Zehenspitzen ging, wusste ich selber nicht. Ich spürte, wie Vroni mir hinterher schaute und meine nackten Füße auf dem glatten Küchenboden beachtete. Vielleicht tat ich ihr auch Unrecht. Sie hatte mir doch eben noch klipp und klar gesagt, dass sie nicht auf Frauen stünde. Obwohl ich in einem Psychologiemagazin gelesen hatte, dass jede Frau auch irgendwo eine homosexuelle Ebene besitzen solle.

Diesen Gedanken verwarf ich aber schnell wieder und ging auf meinen Schrank zu, in dem ich meine Geldkassette aufbewahrte. Ich öffnete sie und sah einen Zettel, der mir hineingelegt wurde. *„Zur Sicherheit. – Deine Mama."* Ich lächelte. Es war schön eine Mutter zu haben, die mich so bedingungslos liebte.

„Was machst'n heute noch so?", rief Vroni aus der Küche.

„Ich habe ein Gespräch mit einem Restaurant am Gärtnerplatz. Während des Studiums will ich dort kellnern.", rief ich zurück. „Ehrliche Arbeit und so."

„Willste mich dissen?"

„Nein, aber irgendwo muss ich doch mein Geld herbekommen. So gut sehen meine Finanzen leider auch nicht aus.", sagte ich und nahm fünfhundert Euro aus der Kassette.

Ich stellte die Kassette zurück in den Schrank und ging in die Küche. Im Stehen hielt ich Vroni das Bargeld hin. Sie schaute mich von unten an, drehte sich zur Seite und nahm mir das Geld mit der rechten Hand weg.

„Danke.", summte sie leise.

Kapitel 4

Die U-Bahn war voll. Ich schaffte es leider nicht, mir einen Sitzplatz zu ergattern. Das Rumstehen im Eingangsbereich war keineswegs angenehm. Ich merkte, wie mir der schweiß über den Rücken lief. Dass bei jeder Station mehr Leute einstiegen, machte die Situation nicht wirklich einfacher für mich.

„Nächster Halt: Sendlinger Tor. Umsteigemöglichkeit zur U1 und U2", dröhnte es aus dem Lautsprecher der U-Bahn.

Hier musste ich umsteigen und eine Station weiterfahren. Ich quetschte mich aus dem vollen Wagen heraus und war etwas verwundert. Es gab zwei Treppen, die hinaufführten und zwei, die nach unten führten. Instinktiv entschied ich mich falsch und ging eine Treppe rauf. Oben waren Ausgänge zur frischen Luft, aber keine weitere U-Bahn. ‚U-Bahn', dachte ich. ‚Die fährt doch unterirdisch. ' Ich drehte mich um und ging zurück auf die Ebene, von der ich gekommen war. Ich lugte um die Ecke und sah zwei Rolltreppen, die auf eine untere Ebene führten. Jetzt musste ich mich entscheiden. Richtung Feldmoching oder Messestadt-Ost?

München gab mir keine Zeit, länger darüber nachzudenken. Ein Mann mittleren Alters rempelte mich an und schob mich zwei Schritte vor. Statt sich zu entschuldigen murmelte er sowas wie: „Penn nicht ein, Blondi." – Willkommen in Bayern!

Nach kurzer Überlegung entschied ich mich, Richtung Messe zu fahren. Ich betrat die Rolltreppe und fuhr an die Bahnsteig. Die Anzeigetafel zeigte mir, dass die nächste Bahn in zwei Minuten kommen würde. Ich glaubte, ich war richtig. Vom Sendlinger Tor musste ich nur eine Station in Richtung Fraunhoferstraße fahren. So schwierig konnte das doch nicht sein.

Die Bahn fuhr ein. Zum Glück war dieser Zug nicht so voll wie eben die U3. Ich stellte mich in den Eingangsbereich und sah zu, wie die Türen schlossen. Ein Mann hechtete in meine Richtung und versuchte, noch einmal den Fuß in die sich schließende Automatiktür zu stecken.

„Zurückbleiben, verdammt nochmal!", brüllte der U-Bahn-Fahrer, entsperrte die Tür kurz und schloss sie dann wieder. Der Mann hatte keine Chance, in die Bahn zu steigen und musste auf die nächste warten. - Echte Großstadterlebnisse.

Nach nur wenigen Minuten war ich an der Fraunhoferstraße. Ich stieg aus der Bahn aus und machte mich schnurstracks auf den Weg zu einem Umgebungsplan, der mitten auf dem Bahnsteig stand. Ich fuhr mit dem Finger über die Karte. Der Gärtnerplatz war nur eine Straße entfernt. Ich musste nur über die

Reichenbachstraße gehen und schon war ich da. Zum Glück waren die Ausgänge ausgeschildert. Ohne diese Schilder wäre ich wahrscheinlich bis heute nicht in dem Restaurant angekommen.

Die Leute hechteten mir mit Aktentaschen entgegen, ohne einen Blick auf die vielen Schaufenster zu werfen. Eine wahre Schande, denn hier drängten sich Friseure, Kleidungsgeschäfte und Trödelmärkte dicht an dicht. Wenn ich keinen Termin gehabt hätte, wäre ich dort vermutlich von Fenster zu Fenster geeiert. Das konnte ich nicht. Ich brauchte das Geld, um mein Studium zu finanzieren. Dass mich Vroni kurz vorher auch noch um fünfhundert Euro erleichterte, machte mir meine Situation noch deutlicher.

Die Straße brachte mich mit jedem Schritt dem Gärtnerplatz näher. Zu meiner Linken war die hässliche Rückseite des Gärtnerplatztheaters. Erst von vorne konnte man seine wahre Schönheit bewundern. Neben dem Eingang des Theaters hing ein großes Banner, auf dem die neue Produktion angekündigt werden sollte. „Kommunisten-Monopoly – Das Musical". Eigenartiger Titel für eine Produktion.

Mein Blick schweifte über den Gärtnerplatz. Ich sah haufenweise junge Menschen, die auf der Verkehrsinsel in der Mitte auf Bänken saßen oder im Gras chillten. In der Mitte des Platzes war eine Büste von jemandem. Wenn ich mich mit Namen ausgekannt hätte, würde ich mich daran erinnern, wen diese Skulptur darstellte. Meine Aufmerksamkeit gehörte aber meiner neuen Mission: Geld verdienen.

Mein neuer Arbeitgeber sollte direkt am Gärtnerplatz sein. Wie ein Scanner drehte ich meinen Kopf und suchte nach dem Schild „Happys Happen". Komischer Name für ein Restaurant, aber wenn es sich hält, warum sollte es nicht so heißen?

Links von mir war ein Supermarkt, daneben waren Geldautomaten, dann kamen zwei Geschäfte, die ich mir später näher anschauen wollte. Neben den zwei Geschäften verlief die Straße. Langsam aber sicher wurde ich hektisch. Habe ich mich vertan? Gab es hier keinen „Happen". Nach dem zweiten Supermarkt konnte ich ein großes „H" erkennen. Das musste das Restaurant sein. Ich schaute nach links und ging über die Straße. Zielstrebig überquerte ich den mittleren Platz. Ich merkte, wie ich von den männlichen Personen angegeiert wurde. Kein schönes Gefühl. Alle Leute hier waren in etwa so alt wie ich. Es war sehr wahrscheinlich, dass ich hier versehentlich auf den einen oder anderen Kommilitonen traf. Ich fühlte mich nicht wirklich wohl in meiner Haut. Es war zu heiß um eine lange Hose zu tragen und meine einzige Jeans Shorts lag immer noch in Vronis Zimmer. Aus Mangel an Kleidung musste ich meine Volleyballshorts anziehen. Kein Wunder, dass ich so viele Blicke kassierte, immerhin betonte meine Shorts meinen Hintern sehr gut. Im Nachhinein dachte ich, dass ich für das Gespräch nicht richtig angezogen war.

Nach der zweiten Straßenüberquerung stand ich vor dem Geschäft. „Happys Happen". Vor dem Restaurant standen mindestens zehn Tische, die voll waren. Der Laden war gut besucht. Immerhin musste ich mir keine Sorgen machen, aus Liquiditätsgründen gekündigt zu werden.

Ich steuerte zur Theke.

„Entschuldigen Sie. Ich soll mich hier vorstellen.", sagte ich zu dem kahlköpfigen Mann, der hinter dem Tresen stand.

„Laura Horn?", fragte der Mann mit einer tiefen und ruppigen Stimme.

Ich nickte.

„Alles klar. Sie sehen so aus, als wären Sie nicht auf den Kopf gefallen. Aber das Outfit geht gar nicht. Das ist aber nicht schlimm. Wir haben hier sowieso einen Dresscode. Welche Größe haben Sie?"

Das hatte mich noch nie ein Mann gefragt. Wenn man diesen Gesprächsschnipsel aus dem Zusammenhang reißen würde, klänge das irgendwie pervers.

„M", antwortete ich.

„Großes Mädchen.", sagte der Mann zynisch und verschwand in einer Kammer.

Ich nutzte die Gelegenheit, mich ein Wenig in dem Restaurant umzusehen. An den Wänden hingen Bilder von München aus den 1920er Jahren. Große Bilder, die wegen der schlechten Qualität im Original sehr verpixelt waren. Auch wenn die Wände im Großen und Ganzen sehr hell waren, spürte ich irgendwie eine Dunkelheit oder zumindest ein fehlendes Licht.

In der Ecke saß ein junger Mann, der in meine Richtung schaute. Er lächelte mir selbstbewusst zu. Verschüchtert schaute ich auf den Boden. Ich merkte, dass meine Hose seine Aufmerksamkeit einfing. Verlegen versuchte ich das „Under Armour"-Logo mit meiner Hand zu verdecken. Ich krempelte die Hose einen Zentimeter hoch, schaute dann aber auf und sah, dass der Besitzer zurückgekommen war.

Er schaute mich an und hielt mir eine Bluse und einen schwarzen Rock hin.

„Das sind keine Geschenke, junge Dame. Aber berechnen werde ich Ihnen dafür nichts. Ich will die Klamotten nur zurückhaben, wenn Sie einen besseren Job finden. Eine Strumpfhose haben Sie ja wohl selber."

Ich nickte und nahm meine neue Arbeitskleidung entgegen. Ich sah mir mein neues Outfit genau an. Die

Bluse war weiß und aus unerwartet hochwertigem Material. In die Brusttasche war der Name des Restaurants eingestickt. Auch das sah äußerst edel aus. Der Rock war schwarz und schlicht. Er hatte eine Lederoptik, schien aber nicht aus echtem Leder zu bestehen.

„Können Sie direkt anfangen?", fragte der Mann und beugte sich über den Tresen. „Ich habe nicht gerade wenig zu tun und wir sind heute nur zu zweit. Meine Frau steht in der Küche und ich nehme die Bestellungen auf."

Ich nickte. Schließlich hatte ich eh nichts zu tun. Was sollte ich auch großartig machen? – Nochmal in die WG zurück und mich von meiner schwer einzuschätzenden Mitbewohnerin durchkitzeln lassen? Die vielen Möglichkeiten, die mir München eröffnete, übersah ich schlichtweg.

„Sehr gut, Frau Horn. Den Papierkram bekommen Sie nach Ihrer Schicht."

Von einem Spontaneitätsbonus erwähnte er nichts. Ich nahm mein Arbeitsoutfit und verzog mich in die Kammer, aus der der Mann es geholt hatte. Ich zog die Bluse einfach über mein Top und den Rock über meine Hose. Es war doch keine so schlechte Idee, diese leichten Sachen zu tragen. Gott sei Dank trug ich heute Sportschuhe statt Flipflops.

Kapitel 5

Der junge Mann in der Ecke des Raumes meldete sich. Meiner neuen Berufung folgend, machte ich mich auf den Weg zu ihm. Er lächelte mir freundlich zu. Ich war nicht der Typ, der Sympathie spüren konnte, aber ich schien ihm zu gefallen.

„Was kann ich für Sie tun?", fragte ich verlegen und strich mir eine meiner hellblonden Strähnen aus dem Gesicht.

„Kannst mich duzen.", antwortete der junge Mann.

Ich lächelte verlegen. Nachdem ich merkte, wie er mich von unten ansah, biss ich mir auf die Unterlippe. Ein Grinsen konnte ich mir aber nicht verbeißen. Ich holte meinen Block und einen Bleistift aus meiner Rocktasche und hielt sie mir vor die Hüfte. Irgendwie spürte ich ein leichtes Kribbeln, wenn er mich ansah.

„Ich hätte gerne zwei Kaffee."

„Zwei?", fragte ich verdutzt und schaute auf den leeren Stuhl neben ihm.

Der Mann nickte.

„Zwei.", bestätigte er.

Ich fragte: „Erwarten Sie noch eine Person?"

Er piekte in meine Seite, sodass ich vor Schreck meinen Stift fallen ließ. Er hatte mich berührt, stellte ich gespannt fest. Ich griff nach dem Stift, doch der Mann konnte ihn sich früher schnappen. Er lächelte mir zu und hielt mir den Bleistift entgegen. Abgesehen von diesem Tisch war das Innere des Restaurants leer. Das Wetter war einfach zu schön zum drinnen Essen.

„Die letzten Kellnerinnen, die hier gearbeitet haben, haben die Bestellung einfach aufgenommen, statt dumme Fragen zu stellen."

Ich strich erneut meine Strähne aus dem Gesicht. Verlegen lächelte ich zurück.

„Bin neu hier."

„Hab ich gemerkt.", entgegnete er. „Weiß dein Freund eigentlich, dass du so kitzlig bist?

„Hab keinen.", antwortete ich.

Eine Sekunde später merkte ich, wie dumm diese Antwort war. Das war genau das, was er hören wollte.

„Was ist jetzt mit meinen zwei Kaffee?", fragte er.

„Kommen sofort.", entgegnete ich und nickte verlegen.

Ich verschwand in die Küche und merkte, wie er mir hinterher schaute. Es war nicht so unangenehm wie eben auf dem offenen Platz. Irgendwie wollte ich, dass er mir hinterher sah.

In der Küche stand mein Chef, der mich bereits erwartete.

„Will der junge Mann einen Kaffee?", fragte er.

„Zwei.", entgegnete ich.

Mein Chef nickte und ging an die Kaffeemaschine. Einen hatte er bereits vorbereitet. Der junge Mann schien ein Stammgast zu sein, der immer einen Kaffee bestellte. Offensichtlich zur selben Uhrzeit. Es gab Gewohnheiten, die so deutlich und offensichtlich waren, dass sie einem Restaurantbesitzer auffielen und er sich darauf vorbereiten konnte.

Er drückte mir die zweite Tasse in die Hand.

„Sei nett zu ihm. – Stammkunde.", sprach mein Chef zu mir und klopfte mir auf die Schulter. „Ich übernehme den Pulk draußen."

Was meinte er damit? – Hat der „Stammkunde" bisher alle Kellnerinnen angegraben? Ich war sehr verunsichert.

Als ich die beiden Kaffeetassen auf den Tisch stellte, hob der junge Mann seine Hände und fuhr sich durch die Haare.

„Oh nein! Ich habe eben einen Korb von meinem Kollegen bekommen. Jetzt sitze ich hier mit meinen zwei Tassen."

Ich rollte die Augen. Es war klar, dass das oder zumindest irgendwas in dieser Richtung passieren musste. Hilfesuchend drehte ich mich um und hoffte auf einen ermutigenden Blick von meinem Chef. Da war niemand. Mein Chef hüpfte draußen von Tisch zu Tisch und nahm Bestellungen auf.

„Hast du Lust auf einen Kaffee?", fragte der junge Mann.

„Ich trinke keinen Kaffee.", antwortete ich.

Er versuchte mir noch einmal in den Bauch zu pieken. Dieses Mal drehte ich mich aber schnell genug um. Warum tat er das?

„Jeder mag Kaffee."

„Ich nicht. Kann ich sonst noch was für Sie tun?"

Mit einem flinken Griff stieß er mir in die Hüfte. Damit hatte ich nicht gerechnet. Ich zuckte zusammen und ging für einen Moment in die Knie.

„Du sollst mich doch duzen.", lachte er.

„Ich kann nicht duzen, wenn ich keinen Namen habe."

„Du hast keinen Namen?", lachte er. „Ich heiße Mathias – also Matze. Und du?"

„Laura.", antwortete ich und strich mir erneut verlegen eine Strähne hinters Ohr.

Warum fielen mir plötzlich immer meine blöden Haare ins Gesicht?

Er zeigte auf den leeren Stuhl. Ich sollte mich setzen, zögerte aber. Irgendwie fand ich ihn interessant, wenn seine Art doch irgendwie grob war. Ich stand da und schaute ihm in die Augen. Sein Blick wanderte auf den Stuhl.

„Dein Chef kennt mich. Du kriegst keinen Ärger, wenn du dich zu mir setzt."

Ich wollte es ja tun, aber irgendwas hinderte mich daran. Es war ein inneres Gefühl, das mir sagte, ich solle nicht auf ihn hören. Meine Logik gewann aber. Schließlich sagte mein Chef mir ja, ich solle nett zu dem Stammgast sein. Nach kurzem Zögern ließ ich mich auf den Stuhl fallen.

„Lass mich raten. Erstsemester in Sozialwissenschaften."

„Psychologie.", antwortete ich und schaute abwechselnd in sein Gesicht und auf die überflüssige Kaffeetasse.

„Du bist smarter als die Durchschnittsfrau, die hier arbeitet."

„So? Wie sind denn meine neuen Kollegen?"

Er lachte schon wieder. Irgendwie war ich in München nur von lachenden Clowns und Griesgramen umgeben. Was dazwischen gab es nicht.

„Deine neuen Kollegen haben eine soziale Ader. Zeugt nicht gerade von hohem Intellekt. Ich habe wenigstens etwas Anständiges studiert. Rate mal, was ich studiert habe."

Ich schaute ihn an. Nach hinten gekämmte braune Haare, einen Dreitagebart, ein weißes Markenhemd und strahlend weiße Zähne. Die Antwort lag auf der Hand, wenn man die Münchner Klischees kannte. Wie aus der Pistole geschossen gab ich meine Antwort ab.

„BWL?"

Mathias grinste.

„So offensichtlich?"

45

Dass BWL nun auch kein Beweis für einen besonders hohen Intelligenzquotienten war, verkniff ich mir an der Stelle. Ich wettete, dass er der Sohn eines reichen Firmengründers war und diese Firma demnächst übernehmen sollte. Sein Vater stand wahrscheinlich kurz vor der Rente und Mathias war ein Einzelkind. Wahrscheinlich werde er demnächst der Chef einer Werbeagentur sein.

Ich hatte Recht, mit Ausnahme der Werbeagentur. Es war etwas viel Klischeehafteres: Eine Unternehmensberatung. Er erzählte viel. Fast zu viel. Ich hatte das Gefühl, er hörte sich gerne selber beim Reden zu. Er erzählte mir von seinen Kunden und davon, dass er von Kindesbeinen in das Geschäftsleben eintauchen konnte. Er erwähnte sein Vermögen nicht ein, sondern sechsmal. Ich hatte mitgezählt.

Obwohl ich wusste, dass er mich rumkriegen wollte und alles dafür tat, dass ich beeindruckt war, taute ich ein wenig auf. Es war das erste Mal in meinem Leben, dass ich merkte, wie sich ein Mann für mich interessierte. Es war auch nicht einfach, ihm einen Korb zu geben. Also hing ich weiter an seinen Lippen.

Ein Mann, der sich für mich interessierte. Dabei war er gar nicht so ein schlechter Fang. Ich freute mich darauf, meinen Freundinnen davon zu erzählen. Aber welchen? Meinen Mädels in Dresden? Veronika? – Nein, da sagte ich lieber nichts. Meine Mädels würden eifersüchtig sein, wenn ich zu viel Glück in München hatte und Vroni würde wahrscheinlich alle Details aus mir herauskitzeln wollen. Im wahrsten Sinne des Wortes.

Die Tür ging auf, mein Chef platzte herein.

„Frau Horn. Ich brauche Sie doch draußen.", keuchte er. „Herr Umfang, das gleiche wie jeden Tag?"

Matze nickte meinem Chef zu.

„Sehr gerne, Herr Jäger."

Man kannte sich also. Ich stand auf und schritt zur Tür. Ich spürte, wie Matze meinen Hintern nicht aus den Augen ließ. Das machte mir aber nichts aus. Irgendwie kribbelte es in meinen Fingern.

Kapitel 6

Zum Glück brauchte ich an meinem ersten Tag als Bedienung nicht zu viel arbeiten. Insgesamt nur drei Stunden, bis ich von einer anderen Studentin abgelöst werden konnte. Der „Papierkram", wie mein neuer Chef es nannte, konnte mir auch direkt mitgegeben werden.

Als ich nach Hause kam, bemerkte ich, wie Vroni und unser Vermieter miteinander stritten. Das Fauchen war im ganzen Treppenhaus zu hören. Ich war mir unsicher, ob ich direkt hochkommen sollte. Irgendwie hatte ich Angst zur Zielscheibe für neues Gebrüll zu werden. Ich wartete einen Moment bei den Briefkästen. Während ich meinen Blick über die einzelnen Kästen schweifen ließ, kramte ich in meiner Handtasche herum. Auf einem Briefkasten stand „Fuchs + Horn". Das war unser Briefkasten. Ich zog den Schlüsselbund hervor und suchte den Briefkastenschlüssel heraus.

Im Kasten befanden sich zwei Prospekte und ein Brief. Der Brief war an mich adressiert. Ich schaute auf den Absender. Es war keiner zu finden. Ich öffnete den Brief und sah einen kurzen Absatz vor mir.

Laura, wir vermissen dich. Wir hoffen, du findest in München einen Verein, der mit unserem mithalten kann.

- *gez. deine Mädels.*

Ein Mannschaftsfoto purzelte aus dem Umschlag und fiel auf den Boden. Ich hob es auf und sah unsere glücklichen Gesichter. Ich vermisste diese Zeit. Ich war mir sicher, dass mir einige harte Zeiten bevorstanden. Natürlich nicht nur mir. Alle meine Mädels würden in den kommenden Monaten und Jahren einen neuen Lebensabschnitt beginnen. Ich hoffte aber inständig, dass ich trotz der Entfernung weiterhin ein Teil ihres Lebens bleiben konnte. Mit geschlossenen Augen presste ich das Foto gegen meine Brust und neigte den Kopf zur Seite. In meiner Handtasche fand ich meinen neuen Rock und meine neue Bluse. Sie waren nur geliehen und gehörten nicht wirklich mir.

Ich hörte, wie der Vermieter von Vroni abließ, die Treppe herunterstampfte und seine eigene Tür knallte. Ein leises Schluchzen war von oben zu hören. Sollte ich jetzt gehen? – Immerhin stand ich lange genug im Treppenhaus rum. Ich war auch ernsthaft am überlegen, ob ich nicht doch noch eine Runde um den Block drehen sollte. Das kam mir aber irgendwie sinnlos vor. Vorsichtig sammelte ich die Kataloge ein und schloss unseren Briefkasten. Mit der Post und meiner Handtasche unter dem Arm schlich ich langsam in Richtung Wohnungstür.

Veronika stand vor der Tür und konnte sich eine Träne nicht mehr zurückhalten.

„Was war denn los?", fragte ich zutraulich.

Vroni strich sich über die Wange und holte ihre Zigarettenschachtel heraus. Sie ging an mir vorbei und drehte sich um. Sie deutete mit ihrer freien Hand an, dass ich ihr folgen sollte. Ohne zu zögern tat ich es.

So stand ich nun mit meiner neuen Mitbewohnerin vor der Tür. Ich hatte unsere Post unter den Arm geklemmt und meine Tasche mit meinem neuen Arbeitsdress auf den Boden gelegt.

„Ich bin knapper bei Kasse, als du glaubst.", begann sie. „Du verdienst die Wahrheit. Immerhin hast du mir fünfhundert Euro geschenkt."

„Geliehen!", korrigierte ich.

Sie fuhr fort: „Das Geld, das du mir gegeben hast, war für die Miete. Allerdings nicht für den aktuellen Monat, sondern für den letzten. Ich habe kein wirklich großes Einkommen, verstehste'? Kippen, Kleidung und Co. Das kostet."

Ich nickte und schaute auf meine Handtasche. Die weiße Bluse ragte hervor und ich schaute zu Vroni auf. Sie schüttelte den Kopf. Es schien wohl so zu sein, dass ich ihr kommunizieren wollte, dass sie sich doch auch einen Job holen sollte. Ob ich das zu diesem Zeitpunkt tatsächlich dachte, weiß ich leider nicht mehr.

Vroni musterte meine Hose und schaute auf das Mannschaftsfoto, das ich unter den Arm geklemmt hatte.

„Du solltest dir einen neuen Verein suchen.", sagte sie und drückte ihre Zigarette auf der Fensterbank aus.

Ich nickte. Sie hatte durchaus Recht. Volleyball würde mich vermutlich in Zukunft auf andere Gedanken bringen. Irgendwann würde mein Studium richtig hart und ich brauchte einen Ausgleich. Vielleicht würde ich eine neue Mädelstruppe finden. Wahrscheinlich würde sie aber nicht an die Mädels aus Dresden herankommen. Ich liebte meine Dresdner Mädels immer noch und daran konnte auch ein neuer Verein nichts ändern.

Gespannt musterte ich Vronis Kleidung. Sie trug ein enges blaues Funktionsshirt von Adidas und eine glänzende Niketights. Ihre Schuhe waren weiß und gut gepflegt.

„Wolltest du ins Fintessstudio?", fragte ich.

Keine Reaktion. Sie ging an mir vorbei und steuerte zur Haustür. Sie drehte sich um und hielt mir die Tür auf.

„Bitte nach dir, Kleine.", grinste sie.

Ich hob meine Tasche auf und tat wie mir befohlen wurde. Im Vorbeigehen griff sie mir beherzt in die Seite, sodass mich eine Art Stromschlag durchfuhr. Ich zuckte zusammen und ging ein wenig in die Knie. Dabei stieß ich einen krampfhaften und halb lachenden Schrei aus: „Eeeey!"

„Du bist süß!", sagte sie grinsend und überholte mich im Treppenhaus.

Sie sagte, ich sei süß. Irgendwie dachte ich mir, dass ich die Aussage mit ihrer Sexualität doch überdenken sollte. Warum machte ich mir darüber überhaupt Gedanken? Es war ja ihre Sache. Homophobisch war ich aus Prinzip nicht. Es dauerte eine Zeit, bis ich endlich mit dem Grübeln aufhörte.

Mit angespanntem Blick starrte ich auf den Bildschirm meines Laptops. Ich hatte nach Volleyballvereinen in München gesucht. Das waren nicht gerade wenig. Bis dahin dachte ich immer, Dresden sei die Volleyballhochburg der Nation.

Der Verein in Schwabing bot ein Probetraining am Tag darauf an. Ich schrieb dem Trainer eine Mail und war überrascht, wie schnell er antworten konnte.

Klar, komm einfach morgen um drei vorbei, Laura ;)

Unkomplizierter ging es nicht. Aufgeregt ging ich zu meinem Kleiderschrank und suchte mein Trikot. Es war ziemlich deutlich: Ich hatte viel weniger Kleidungsstücke als Vroni. Sie hatte aber auch viele interessante Sachen in ihrem Schrank.

„Ey, Süße!", brüllte es aus Vronis Zimmer.

Immerhin nannte sie mich nicht mehr „Kleines". Schließlich war ich stolze 1,70. Im Verglich zu Vroni war ich allerdings tatsächlich klein. Sie überragte mich mit fast fünfzehn Zentimetern.

„Komm ma' her!"

„Was ist denn?", rief ich.

„Die Lösung für unsere Geldsorgen ist!"

Unsere Geldsorgen? Interessant. Ich ging direkt nach dieser Info in ihr Zimmer. Keine Ahnung, warum ich so schnell reagierte. Irgendwie tat sie mir mit ihren Geldsorgen und der Streiterei mit unserem Vermieter leid.

„Schau mal, was ich gefunden habe.", sagte sie selbstsicher zu mir.

Ich guckte auf ihren Bildschirm und wusste nicht so genau, was ich antworten sollte.

„Eine Pornoseite?"

„Nee!", entgegnete sie. „Besser: Eine Fetischpornoseite."

Ich zuckte die Schultern.

„Mann, guck doch mal. Du kannst hier ein eigenes Studio eröffnen und mit Amateur-Fummelfilmen Asche machen."

Ich stand immer noch auf dem Schlauch, obwohl mir langsam aber sicher dämmerte, was sie von mir wollte.

„Willst du dort was einstellen?", fragte ich unsicher.

„Logisch.", antwortete sie. „Und du bist meine Darstellerin."

Ich schüttelte den Kopf. „Nein, nein, nein!" Sie entgegnete mit einem zynischen Nicken.

„Du schuldest mir was.", sagte sie.

Ich schüttelte den Kopf und sagte: „Du schuldest mir was! Fünfhundert Euro um konkret zu werden."

Trotzdem reizte es mich irgendwie, mehr über Veronikas Vorschlag zu hören. Durch unerklärliche Schwingungen merkte ich, dass Vroni diese Tatsache durchaus bewusst war.

„Wie genau stellst du dir das vor? Ich werde mein Gesicht nicht zeigen!"

Das klang schon wie eine Zustimmung meinerseits.

„Brauchst du nicht.", sagte Vroni. „Du brauchst auch keinen Sex mit wildfremden Männern zu haben. Das würde ich meiner Mitbewohnerin doch nicht zumuten. Du brauchst dich auch nicht auszuziehen oder so."

„Ist es dann überhaupt ein Porno?", fragte ich leise.

„Ein Fetischporno.", sagte Vroni. „Du glaubst nicht, was es alles für sexuelle Interessen gibt. Vor allem bei Männern. Es reicht, wenn du einen Zentai-Suit trägst und dir ein wenig über die Beine streichelst. Dafür bezahlen Typen echt Kohle. Die Krönung ist es, wenn du deine Füßchen in die Kamera hältst, oder dich abkitzeln lässt."

„Was habe ich davon?", fragte ich selbstsicher.

„Du gefällst mir, Süße! – Ein Viertel der Einnahmen!"

Langsam fand ich Gefallen daran. Auf der einen Seite könnte es für mich ein völlig neues Erlebnis sein, auf der anderen werde ich in unseren Videos eine Maske tragen, sodass mich von den Kommilitonen keiner erkennt. Ein Bisschen Unsicherheit hatte ich trotzdem noch. Das passte irgendwie nicht zu mir. Ich, die schüchterne Mittelblockerin aus Dresden als Wichsvorlage für dürre Nerds und fette Wiederlinge? Nochmal musste ich nachdenken. Wahrscheinlich war ich das sowieso. Es waren zu viele Zuschauer bei unseren Spielen, die ich nicht kannte. Mindestens einer hatte ohnehin sexuelle Gedanken bei unseren kurzen engen Shorts.

Trotzdem hatte ich Angst, dass ich aus unerfindlichen Gründen auffliege. Das wäre das Schlimmste, was passieren konnte. Mein Image von dem zurückgezogenen Mädchen, das ein sportliches Hobby hat, war mir wichtig. Es gehörte einfach zu mir. Ich konnte nicht erklären, warum.

„Die Hälfte.", setzte ich dagegen ohne es wirklich ernst zu meinen.

„Deal!", sagte Vroni und streckte mir ihre Hand zu. Ich schlug ein, ahnte aber nicht, wie ernst ihr der Deal war. „Zieh den Anzug an. Wir legen los."

„Was?", rief ich verstört.

„Zeit ist Geld.", entgegnete sie und griff zu ihrer Kamera.

In null Komma nichts stand ich im Flur und trug wieder den Morphsuit im Leopardendesign. Vronis Kamera war auf mich gerichtet, während ich vor unserer Wohnungstür stand. Dieses Mal war der Anzug ganz geschlossen. Nicht einmal meine langen blonden Haare ragten hervor.

„Ich möchte, dass du auf die Kamera zugehst, an ihr vorbei und dich in meinem Zimmer aufs Bett legst."

Vronis Regieanweisungen waren sehr direkt und verständlich. Wenn ich mit einer Pornoregisseurin zusammenarbeiten wollte, dann mit ihr. In meinem Kopf ging ich den Ablauf durch. So schwer war das nicht.

„Action!", rief sie und ich legte los. Nach ein paar Schritten brüllte sie aber: „Stopp! Stopp! – Süße, du bist viel zu schnell. Die Perverslinge zahlen für lange Videos und dein Gang ist auch alles andere als erotisch. – Du bewegst dich wie eine Fußballspielerin, die schnell in die Dusche muss."

Sie stellte sich neben mich und machte mir einen erotischen Gang vor. Sie setzte einen Fuß nach dem anderen auf den Boden. Langsam begriff ich, was sie mir sagen wollte. Achtsam begann ich sie zu imitieren.

„Sehr gut, Süße. Du hast es verstanden."

Ich stellte mich zurück vor den Eingang und wir begannen von vorn. Langsam folgte ich dem Gang, so wie Vroni es mir vorgemacht hatte. Auf Zehenspitzen lief ich den Weg an der Kamera vorbei. Dabei drehte ich mich in Richtung Kamera um und deutete mit einem kurzen Fingerzeig an, dass mir der Zuschauer folgen sollte. Vroni grinste und nickte. Genau sowas wollte sie sehen. Beim Gehen streifte ich mit meiner rechten Hand über meinen Oberschenkel. Ein sanftes Geräusch war zu hören, wie wenn man in Nylonstrumpfhose die Beine überschlug. Langsam stützte ich mich aufs Bett auf. Ich richtete meinen Blick zur Kamera auf und ließ mein Gesäß auf die schwarze Matratze sinken. Ohne Hektik zog ich meine Beine nach. Ich saß auf Vronis Bett und breitete mich auf der Matratze aus. Mit beiden Händen strich ich über meine Rippen und das erst leise Geräusch wurde lauter. Es musste durch das Mikrofon gedrungen sein.

Aus irgendeinem Grund lagen Handschellen am oberen Ende des Bettes. Ich sah sie an und wusste nicht genau, ob sie gewollte Requisiten in unserem Film waren. „Denk wie ein Kerl.", dachte ich mir und griff nach den Handschellen. Ich stecke meine Daumen durch die Öffnungen und hielt sie in die Kamera. Spielerisch wackelte ich mit den Handschellen auf und ab. Vroni zeigte keine Regung. Ich war mir unsicher, ob es richtig war oder nicht. Immerhin hatte sie es mir nicht so vorgegeben. Meine Beine überschlugen sich und ich rieb meine Füße aneinander. Das seidene Geräusch wurde lauter und die Bewegung fand nun direkt vor dem Mikrofon der Kamera statt. Ich zog mein linkes Bein heran und legte meinen Fuß auf mein rechtes Knie. Mit der linken Hand strich ich über mein aufgesetztes Knie. Ich spürte, wie der Anzug kleine Falten schlug, die aber schnell wieder zurück auf meine Haut sprangen. Eine spürbare Reibung war erkennbar. Die Rillen in dem

Material griffen ineinander und lösten sich wieder. Dadurch kam das seidene Geräusch zustande. Ich rieb meine Hand auf und ab auf meinem Knie und spürte mit jeder Bewegung, dass ich immer weiter in den Anzug hineinschmolz. Das Muster fing auch an, mir zu gefallen.

Ich richtete meine Aufmerksamkeit wieder auf die Handschellen. Die hintere Öffnung steckte ich durch Vronis Bettgitter. Ich ließ die Handschelle einrasten. Nun steckte ich meine rechte Hand durch die verbleibende Öffnung und ließ das kleine Schloss ebenfalls einrasten. Ich hatte mich selbst ans Bett gefesselt und spürte einen Zug in meinem rechten Arm. Die Handschellen gaben nicht nach. Mit meiner linken Hand fuhr ich an meinem gefesselten Arm hoch. Ich drehte den Kopf in Richtung Kamera und ließ ihn in meinen Nacken fallen.

Die Kamera hörte auf zu leuchten und Vroni beendete unseren Shoot.

„Ganz große Klasse, Süße!", sagte sie. „Wenn ich jetzt bloß wüsste, wo die Schlüssel sind."

Kapitel 7

Ich stand vor dem Spiegel. Zwischen meinen Zähnen blitzen immer noch Reste vom Mittagessen auf. Ich fuhr mit meiner Zunge an den Zähnen entlang. Diese Reste musste ich loswerden. Meine Rechte Hand war von einem roten Kreis umschlungen, der auf eine gewisse Weise geschwollen aussah. Vroni und ich hatten gestern alle Mühe, meine Hand aus der Handschelle zu befreien. Weil wir ums Verrecken den Schlüssel nicht finden konnten, musste ich meine Hand aus dem Ring quetschen. Der Anzug wurde dabei etwas in Mitleidenschaft gezogen. Er hatte jetzt ein Loch unter dem Daumen.

Von oben bis unten musterte ich meinen Körper. Ich trug hochgezogene Kniestrümpfe, meine schwarze Volleyballshorts und das Trikot meines Dresdner Vereins. Meine Haut sah käsig aus, aber nicht unattraktiv. Ich begann mir langsam aber sicher selber zu gefallen. Was hatte ich mir nur immer vorgemacht? Ich sah toll aus. Kein Wunder, dass mich die Jungs immer so anschauten.

Meine Knieschoner lagen in meiner Sporttasche. Dazu hatte ich ein Handtuch, Duschgel, frische Unterwäsche, Hallenschuhe und mein Arbeitsoutfit eingepackt. Ich plante, nach dem Probetraining wieder zur Arbeit zu gehen.

Ich verließ mein Zimmer und machte mich auf den Weg zur Haustür.

"Siehst gut aus, Süße!", rief Vroni mir hinterher.

Sie saß in der Küche auf ihrem Stammplatz und konnte problemlos auf den Flur schauen. Vor sich hatte sie ihr Laptop ausgebreitet. Gemessen an der Anzahl der Klicks und der Scrolls, die sie mit der Maus machte, war sie shoppen. Manche Leute ändern sich nie. Was sie wohl kaufte? Neue Kleidung? Bestimmt aber einen neuen Anzug.

Nach einer halben Stunde kam ich in der Turnhalle an. Die anderen Mädels machten sich bereits warm. Strahlend ging ein junger Mann auf mich zu. Er war kaum älter als ich.

"Laura? –Willkommen!", sagte er.

Ich nickte und gab ihm die Hand.

"Willkommen im Team. Ich hoffe, du bleibst uns auch nach dem Probetraining erhalten. Mach dich schonmal mit den anderen warm."

Ich schmiss meine Sporttasche in die Ecke der Halle, wechselte meine Schuhe und schloss mich den anderen

Spielerinnen an, die bereits um die Turnhalle kreiselten. Ich dachte, ich sei gut in Form, dabei merkte ich, wie sehr ich doch hinterher hing. Schließlich war ich auch seit ein paar Monaten nicht mehr gejoggt.

Ein Pfiff ertönte. Der Trainer bat uns, Aufschläge zu üben. Gleich meine ersten Versuche landeten im Netz.

„Du musst fester draufschlagen.", sagte das Mädchen neben mir und machte es mir vor.

Sie hatte lange braune Haare, die am Ansatz glatt waren, aber nach unten lockig wurden. Ihr rotes Trikot passte hervorragend zu ihrer schwarzen Hose und den weißen Socken. Ihr Körper war ein paar Zentimeter größer als meiner. Sie sah wunderschön aus. Ihre Wimpern waren schwarz und lang. Trotzdem sah sie überraschend natürlich aus im Vergleich zu meiner Mitbewohnerin.

„Und jetzt du."

Ich nahm den Ball, warf ihn in die Luft und schlug mit voller Wucht dagegen. Er donnerte mit einer Wahnsinnsgeschwindigkeit gegen die gegenüberliegende Hallenwand.

„So doll nun auch wieder nicht.", merkte das Mädchen an.

Es fühlte sich so an, als hätte ich bisher noch nie Volleyball gespielt. Das schienen auch die anderen

Spielerinnen und der Trainer gedacht zu haben. Nur das eine Mädchen erkannte scheinbar, dass mehr Potenzial in mir schlummerte.

Nach dem Training kam sie auf mich zu.

„Bist du jetzt dabei?", fragte sie.

„Wahrscheinlich ja.", antwortete ich. „auch wenn die Fahrt zum Training etwas dauert."

„Bei mir auch.", sagte sie. „Ich wohne eigentlich in der Nähe der Uni."

Ich drehte mich zu ihr um.

„Ich auch.", bemerkte ich verblüfft.

„Gut, Laura. Dann haben wir ja schon eine Gemeinsamkeit.", merkte sie an. „Ich studiere Psychologie im dritten Semester."

„Ich auch. Im ersten.", sagte ich.

„Ich bin Clara."

Sie streckte mir ihre Hand entgegen und ich schlug ein.

„Laura... oh, das wusstest du ja schon."

Sie lachte: „Ist ein Reflex. – Soll ich dich gleich mit nach Hause nehmen?"

Ich schüttelte den Kopf. Gerne wäre ich mitgekommen, aber die Arbeit rief.

„Muss leider arbeiten.", sagte ich verschüchtert.

„Ich bring dich hin.", sprach sie schnell. „Wo arbeitest du denn?"

„Am Gärtnerplatz.", antwortete ich.

„Jetzt sag nicht bei ‚Happys Happen'."

Ich nickte.

„Das ist ja ein Zufall. Da habe ich auch zwei Jahre gearbeitet. – Ich bring dich hin."

Verlegen schüttelte ich den Kopf. Das Angebot konnte ich doch nicht annehmen. Ich hatte Clara doch gerade erst kennengelernt. Sie duldete keine Widerrede und ehe ich mich versah, fand ich mich in ihrem Auto wieder.

Während der Fahrt sprach sie sehr offen zu mir. Erst letzte Woche hatte ihr Freund sie für einen One-Night-Stand verlassen. Sie vermutete, dass sie ihn mittlerweile auch wieder verlassen hat. Oder er sie. Natürlich interessierte sie sich auch für meine Beziehungen. Aber da gab es nicht viel zu erzählen. Keine Beziehung, kein Exfreund, keine enge Bindung. Ich war sogar noch Jungfrau. Dieses Detail verschwieg ich ihr aber.

In der Reichenbachstraße ließ sie mich aussteigen. Ich verabschiedete mich und ging die letzten Meter zu Fuß. In der Umkleidekabine hatte ich mir bereits meine Arbeitskleidung angezogen. Dieses Mal sogar mit einer schwarzen Strumpfhose unter dem Rock. Ich spürte, wie mir der Schweiß über den Rücken lief. Vom Sport musste ich noch nachschwitzen und die warme Außentemperatur half mir auch nicht bei der Klimaregulierung.

Kapitel 8

Herr Jäger sah mich mit ungläubigen Augen an. Er merkte, dass die Bluse halb durchgeschwitzt war und kam mir gefährlich nahe. Er nahm einen tiefen Atemzug und versuchte, die Lautstärke seiner Atmung im Rahmen zu halten.

„Die Bluse ist aus gutem Material. Des passt scho'.", sagte er, klopfte mir auf die Schulter und ließ mich stehen.

Ich räumte meine Sporttasche in den kleinen Kabuff und sah mich im Restaurant um. In der Ecke saß schon wieder Mathias. ‚Wohnt der hier? ', dachte ich bei mir und ließ meinen Blick weiter durch den Landen wandern. Er hob die Hand. Etwas widerwillig ging ich zu ihm hin.

„Was kann ich für Sie... dich tun?", fragte ich vorsichtig.

„Sie lernt dazu.", sagte er.

„Hör zu.", begann ich. „heute habe ich nicht die Zeit, so lange mit dir zu reden. Der Laden ist voll. Was möchtest du bestellen?"

Er verstand meinen Einwand und gab seine Bestellung auf: „Ich nehme den Krustenbraten."

Ich notierte seine Bestellung, nahm die Karte mit und verschwand in Richtung Küche. Eigenartig. Er hatte zum Glück nicht versucht, mich anzufassen. Wahrscheinlich hatte er sich auch nicht getraut. Es wirft kein wirklich gutes Licht, wenn man eine Kellnerin bei der Arbeit begrabscht.

Ich arbeitete weiter und bediente die anderen Gäste. Mein Blick wanderte aber immer wieder zu Mathias, der sich ausgesprochen viel Zeit mit seinem Braten nahm. Er hätte inzwischen schonwieder gefroren sein müssen. Fast eine Stunde stocherte er auf der Kruste herum. Ich ahnte, was er wollte. Ob ich das gut fand oder nicht, konnte ich zu dem Zeitpunkt nicht sagten. Er hatte irgendwas. Und wenn es nur das Geld war. Wenn er sich an mich ranschmiss, würde ich wohl keine Geldsorgen mehr haben. Hatte ich die überhaupt?

Beim Wischen des Nachbartisches schaute ich wieder zu ihm herüber. Er ließ nicht von mir ab. Seine Augen folgten wohin ich mich auch bewegte. Der Laden leerte sich. Mathias stand auf und fasste mir auf die Schulter.

„Kannst du bitte auf meine Tasche aufpassen? Ich gehe kurz auf die Toilette."

Ich nickte und schaute zu dem Tisch. Unter seinem Stuhl lag eine schwarze Aktentasche. Sie war leicht aufgefaltet und ich konnte eine braune Meetingmappe erkennen. Wer weiß, was da drin war. Meine Neugier konnte ich in meinem Kopf nicht niederringen, auch wenn ich es versuchte. Nach außen wirkte ich wohl nicht sonderlich interessiert. Hoffte ich zumindest.

Ein Mann zu meiner linken hob die Hand. Ich ging zu ihm, nahm seine Bestellung auf und verschwand in Richtung Küche. Ich hatte die Tasche aus den Augen gelassen. Aber was war das auch für eine selten blöde Idee, eine Kellnerin während der Arbeit zu bitten, auf eine wichtige Tasche aufzupassen? – Was war es auch für eine selten blöde Kellnerin, diese Bitte auch noch zu bestätigen?

Ich kam zurück und die Tasche lag unverändert unter dem Stuhl. Die braune Meetingmappe ragte immer noch unberührt aus der Lacktasche heraus.

Matze kam zurück. Seine Hände waren feucht und er wischte sie sich an seinen Hosenbeinen ab.

„Danke.", sagte er in einem ziemlich süßen Ton zu mir.

Ich schaute ihn an. Eigentlich hätte ich gerne eine Information gehabt, die er beim letzten

Aufeinandertreffen schon aus mir „herausgekitzelt" hatte. Er spürte das irgendwie.

„Stell die Frage.", sagte er. „Ich weiß, was du wissen willst."

„Wenn du weißt, was ich will, brauchst du mir ja nur die Antwort zu geben."

Matze grinste. Auch mich durchfuhr ein kleiner Schmetterling der von meinen Füßen in meinen Bauch flatterte und ein halbes Lächeln in mir verursachte.

„Single. Schon länger.", sagte er. „Meine letzte Beziehung ist über ein Jahr her. Wir haben uns im Guten getrennt. Sie ist nach Köln gezogen und auf Fernbeziehungen waren wir nicht wirklich scharf."

Ich lächelte ihn an. Es freute mich aus irgendeinem Grund, dass ich jetzt die offizielle Chance hatte, mit ihm auszugehen. So schnell wollte ich mich aber nicht um den Finger wickeln lassen.

Er sah mich durch den Laden flitzen und stand auf. Entschlossen ging er auf mich zu und drückte mir einen Zettel in die Hand.

„Vielleicht können wir mal zusammen Sport machen.", sagte er und verließ das Restaurant.

Ich schaute auf den Zettel. Natürlich war das drauf, wovon jeder ausgehen konnte: Seine Handynummer.

Kapitel 9

Etwas fertig von der Arbeit und dem Volleyballtraining stolperte ich in unsere Wohnung. Ich schmiss meine Sporttasche in die Ecke meines Zimmers und wollte mich gerade mit meinem Handy und einer Musikplaylist auf mein Bett legen, als ich Vroni hörte:

„Süße! Kommst du mal eben?"

Die Stimmlage gefiel mir nicht. Ich musste wohl ziemlich laut durch den Flur gegangen sein. Vorsichtig steckte ich den Kopf durch ihre Zimmertür.

„Schau mal. Ich habe unser Logo entworfen."

Stolz tippte sie mit ihrem langen Fingernagel auf ihrem Computerbildschirm herum. „Münchner Fetisch Fabrik" stand in Großbuchstaben auf dem Bildschirm. Die Buchstaben waren abwechseln schwarz und mit Leopardenmuster gefärbt. Ich nickte zustimmend. Es sah genau so aus, wie das was es war: Das Logo eines Pornostudios.

„Wir brauchen mehr Inhalte.", sagte sie und schlug mir auf die Schulter. „Was hast du heute noch vor?"

Ich antwortete: „Ich wollte Musik hör..."

„Du hast nichts vor? Sehr gut.", unterbrach sie mich und musterte mein Outfit.

Ich trug immer noch den schwarzen Rock mit der Strumpfhose darunter. Meine durchgeschwitzte Bluse hatte ich ausgezogen und durch ein Spider-Man-Shirt ersetzt. Ich spürte, wie sich in meiner Kniekehle das Wasser sammelte. Die Strumpfhose hätte ich besser auch ausziehen sollen.

„Du siehst gut aus.", grinste sie.

„Willst du jetzt etwa noch ein Video drehen?", entgegnete ich. „Ich kann mir keine Regieanweisungen merken. Bin leider zu fertig von der Arbeit."

„Ich habe keine Regieanweisungen. Entspann dich während unseres Videoshoots einfach."

Die Tonlage gefiel mir gar nicht. Mir waren allerdings auch die Ausreden ausgegangen. Ich rollte die Augen und gab mich mit gesenktem Haupt meinem Schicksal hin.

Meinen Rock und die Strumpfhose behielt ich an. Mein T-Shirt musste ich ausziehen und durch einen einfachen Sport-BH ersetzen. Im Gesicht trug ich eine Motorradmaske, die meine Haare gerade so bedecken konnte. Ich hatte sie zu einem Dutt zusammengesteckt, sodass sie nicht unter der Maske hervorragen konnten. Vroni bat mich darum, mich ausgestreckt auf ihr Bett zu legen. Ich tat es. Aus ihrem Nachttisch kramte sie zwei Plüschhandschellen. Sie sahen wenigsten bequemer aus als die Polizeiwerkzeuge, mit denen ich mich am vergangenen Abend selber gefoltert hatte.

„Die Schlüssel hast du, oder? Und du weißt auch, wo die sind?", fragte ich vorsichtshalber.

Vroni antwortete: „Logisch, Süße! In diese Situation bringe ich dich nicht noch einmal. Ich will doch nicht, dass sich meine wertvolle Partnerin das Handgelenk verstaucht."

Ich lag mit dem Rücken auf dem Bett und Veronika setzte sich auf meine Hüfte. Sie nahm die eine Handschelle, ließ sie um das Gerüst ihres Bettes schnallen und legte anschließend meine Hand durch das Loch. Die Handschelle rastete ein und ich spürte einen leichten Zug in meinem linken Arm. Das gleiche machte sie auch zu meiner rechten Seite. Ich hoffte nur, dass das Shooting nicht allzu lange dauern würde, immerhin war morgen Montag und meine erste Vorlesung startete.

Vroni setzte sich auf und ließ mich für einen Moment alleine auf dem Bett liegen. Meine Körperstellung gefiel mir gar nicht. Langsam ahnte ich, was sie vorhatte. Ein schockiertes Kribbeln durchfuhr meinen Körper. Vroni stellte die Kamera auf ein Stativ und stellte den Bildausschnitt ein. Sie kramte eine weitere Motorradmaske aus dem obersten Fach ihres Schrankes und setzte sie sich auf. Sie trug ein langes schwarzes Kleid mit einem Schlitz auf der linken Seite, sodass ihr Bein sichtbar war. Unter dem Kleid trug sie eine schwarze Nylonstrumpfhose. Sie war ein Bisschen dünner als die, die ich anhatte.

Mit ihrem Daumen warf sie die Kamera in Gang. Erotisch und langsam ging sie auf mich zu. Ich fühlte mich hilflos ausgeliefert. Sanft streichelte sie mir über die Stirn bis zum Kinn herunter. Weil ihr Fingernagel so lang war, konnte ich die Berührung problemlos durch die Motorradmaske spüren. Jetzt nahm sie beide Hände zu Hilfe. Sie strich mit den Fingernägeln an der Unterseite meiner Arme entlang. Es war sehr unangenehm und ich versuchte, mich ein wenig herauszuwinden. Doch meine Bewegungen waren durch die Handschellen stark eingeschränkt. Ich atmete sprunghafter und ungleichmäßiger. Kurz ließ sie ihre Fingernägel über meine Achseln schweifen. Ich konnte mir ein gequältes Kichern nicht verkneifen. Ihre Finger wanderten weiter über meine Rippen bis hin zur Taille. Mein Atem wurde immer nervöser. Ein sehr unangenehmes Gefühl durchdrang mich. Ich ahnte, dass die Kitzelattacke von meinem ersten Tag harmlos war, gegenüber dem, was mich jetzt erwartete.

Kurz ließ sie von mir ab und ich entspannte meinen Körper. Doch die Entspannung hielt nicht lange an. Mit einem Satz stach sie ihre Finger mit voller Wucht in die Seiten meines Brustkorbs. Ich sprang auf, wurde aber von den Handschellen im Zaum gehalten. Mein Lachen hallte krampfhaft durch den Raum. So ein Gefühl hatte ich in meinem ganzen Leben noch nicht. Ich zappelte mit meinem ganzen Körper und versuchte, Vroni von mir wegzutreten. Das ließ sie sich natürlich nicht gefallen und setzte sich auf meine Beine. Jetzt war ich noch hilfloser als vorher. Meine Beine konnte ich nicht mehr bewegen und auch der Radius meines Oberkörpers war nur noch eingeschränkt beweglich. Hilflos musste ich spüren, wie sich ihre langen Fingernägel in meine Rippen bohrten, kurz abließen um dann wieder mit voller Wucht unter meine Achseln zu drücken. Die Zeit verging einfach nicht. Mein Lachen klang schlimmer als je zuvor. Ich mochte es ohnehin nicht, aber jetzt klang ich wie ein Fisch, der aus dem Wasser gezogen wurde. Erst wollte ich sie anflehen, mir eine kleine Pause zu gönnen, doch ich wollte nicht, dass meine Stimme zu deutlich in dem Video zu hören war. Meine Augen wurden immer feuchter und ich merkte, wie mir eine Träne über die Wange rollte. Ich wurde noch nie in meinem Leben so heftig und gnadenlos durchgekitzelt. Nicht einmal Joachim hatte es bisher gewagt, mich zu Tränen zu kitzeln. Er kannte meine Grenzen. Im Gegensatz zu Vroni. Ich schielte auf den Wecker, der auf dem Nachttisch stand. Unsere Aufnahme dauerte gerade einmal viereinhalb Minuten.

Mein Gelächter verwandelte sich langsam aber sicher in reines Husten. Es fühlte sich so an, als würde ich

75

ausgepresst und meine Lunge weigerte sich, neue Luft einzuatmen. Meine Atmung flatterte und endlich ließ Vroni von mir ab. Ich atmete durch. Aber nicht lange. Unser Shoot dauerte jetzt fünf Minuten. Vroni sagte mir einmal, dass die besten Videos zehn Minuten dauern würden.

Vroni stand auf, stellte sich gerade hin und steckte ihr Bein durch den Schlitz in ihrem Kleid. Das Video war nicht fertig, das war mir klar. Sie setzte sich an das Untere Ende des Bettes und platzierte meine Füße auf ihrem Oberschenkel. Sie zog ihr Kleid ein kleines Stückchen hoch und überschlug ihre Beine. Ihr Rechter Oberschenkel lag nun auf meinen Füßen. Sie wurden von ihren Schenkeln in den Schwitzkasten genommen. Mit beiden Zeigefingern strich sie über meine Fußsohlen. Noch war es nicht halb so schlimm wie auf eben auf meinem Oberkörper. Doch ich durfte mich nicht zu früh freuen. Sie steckte ihre Finger zwischen meine Zehen und begann in den Zwischenräumen herum zu kratzen. Mein Herz blieb fast stehen und ich brachte einen weiteren krampfhaften Schrei heraus. Irgendwie schien das Schreien zu helfen, aber nicht lange. An den Zwischenräumen meiner Zehen wurde meine Strumpfhose immer dünner. Schließlich taten sich Löcher auf und Vroni riss sie auseinander, sodass meine Füße völlig freilagen. Ich richtete mich auf und merkte, wie ich von den Handschellen erneut zurückgehalten wurde.

Nach zehn Minuten war die Folter beendet. Vroni ging zur Kamera und schaltete sie aus.

„Gute Arbeit, Süße.", grinste sie mir entgegen und ging auf mich zu.

Sie zog mir die Maske aus dem Gesicht und streichelte über meine Wange. Ich spürte, wie mir mehrere Tränen über das Gesicht rollten.

„Oooh.", sprach sie mit einer Prise Sarkasmus. „Du musst doch nicht weinen, Kleines."

Ich schluchzte: „Mach mich bitte einfach nur ab."

Sie nannte mich schon wieder „Kleines". Hatte sie nach dieser Unangenehmen Kitzelattacke wieder den Respekt vor mir verloren? – Ich merkte aber, dass diese Frage allein von der Situation her sehr dumm klang. Man kitzelt doch niemanden zehn Minuten lang durch, wenn man ihn respektiert.

Nachdem sie mich losgemacht hatte, sprang ich auf und trampelte wortlos in mein Zimmer. Meine Handgelenke schmerzten. Lange konnte ich Shootings mit dieser Intensität wohl nicht aushalten.

Kapitel 10

Wie fast jeden Tag begann ich mich im Spiegel zu betrachten. Ich trug eine blaue Bluse und eine weiß-blaue Jeans. Meine Haare hatte ich zu einem Pferdeschwanz zusammengeknotet. Rote Sneakers ragten unter meiner Jeans hervor. Meine Handdatsche trug ich über meine Schulter. So hatte eine Studentin auszusehen: Niedlich, leger, aber wenn sie wollte, auch ein wenig sexy. Ich war stolz auf mich. Ich wünschte, Joachim hätte mich gesehen.

Vroni sah ich den Vormittag nicht. Ihre Tür war geschlossen und das Badezimmer hatte ich fast eine ganze Stunde für mich allein. Mehr brauchte ich auch nicht. Wortlos verließ ich das Haus und machte mich auf den Weg zur Uni. Sie war nur ein paar Straßen entfernt.

Der Hörsaal war voll. Ich konnte mir zum Glück einen Platz in der oberen Reihe ergattern. Trotzdem wollte keiner neben mir sitzen. Die anderen Studenten ließen drei Plätze neben mir frei. War es einfach ein Reflex, dass keiner in meine Privatsphäre eintreten wollte oder zog ich einen üblen Geruch mit mir? Ein wenig verunsichert war ich schon. Vielleicht auch ein wenig traurig. Ich hätte eine Umarmung vertragen können und seufzte.

Die Vorlesung begann und ich hatte immer noch sechs Sitze neben mir frei. Obwohl der Hörsaal unten komplett voll war. Auf den oberen Rängen war allerdings noch einiges frei. Die Vorlesung war mir zu informell und der Dozent widerholte nur, was ich bereits im Internet gelesen hatte. Das war die einzige Vorlesung für heute. Zeitverschwendung.

Nach zwei Stunden war die Vorlesung beendet und alle Studenten verließen geordnet den Hörsaal. Als ich aus meiner Reihe herausgehen wollte, kam mir ein anderer Student mit einer sehr auffälligen Brille entgegen. Er trug ein schwarzes Hemd und eine schwarze Hose mit einem braunen Ledergürtel. Er sah aus wie ein Kellner. Vermutlich jemand, der nachher noch zur Arbeit musste. Ich hatte zum Glück heute frei. Erst am Mittwoch wurde ich wieder am Gärtnerplatz erwartet. Der Mann kam mir entgegen und streifte mich so heftig, dass ich gegen einen hochgeklappten Sitz gedrückt würde.

„Kannst du nicht aufpassen?", maulte ich ihn an.

„Sorry!", keuchte er im Vorbeigehen.

Was für ein Rüpel. Wenn alle Psychologiestudenten so waren, würde ich in meinem Studiengang keine Freunde finden. Außer vielleicht Clara. Als ich den Hörsaal verließ, sah ich Clara, wie sie über die Bande lehnte und von oben auf die Haupthalle blickte.

„Hey Clara.", begrüßte ich sie.

„Laura!", rief sie und nahm mich in ihre Arme.

Endlich. Das war die Umarmung, die ich zwei Stunden vermisste. Sie wollte mich gar nicht mehr loslassen. Sie streichelte mir mit ihrem Daumen über mein rechtes Schulterblatt.

„Wie hat dir deine erste Vorlesung gefallen?"

„Ging so.", antwortete ich.

„Stell dich darauf ein. Vorlesungen bei dem Typen sind überflüssig. Der erzählt nichts anderes, als das, was du in Wikipedia findest. Ich glaube fast, das ist seine einzige Quelle."

Ich lächelte sie an. Es war schön, endlich einen freundlichen Menschen zu sehen.

„Kommst du am Mittwochabend zum Training?", fragte sie.

Das hatte ich ganz vergessen. Ich musste arbeiten und mein Antrag auf Vereinsmitgliedschaft lag noch unausgefüllt in meiner Druckerablage.

„Muss leider arbeiten am Mittwoch.", antwortete ich.

„Och, Laura!", sagte sie und boxte mir auf die Schulter. „Aber am Sonntag schaust du beim Spiel zu, oder?"

„Ich hoffe doch, ich spiele mit.", lachte ich.

Mir war natürlich bewusst, dass ich ohne richtiges Training nicht einfach so aufgestellt werden konnte.

„Klar.", antwortete sie und zwinkerte mir zu.

Wenn ich eine Freundin brauchte, dann war es Clara. Sie war gefühlt das genaue Gegenteil von Vroni. Sie respektierte mich und zeigte mir, dass wir auf Augenhöhe waren.

„Ich muss jetzt los. Wir sehen uns spätestens am Sonntag."

Sie umarmte mich noch einmal innig und verschwand in einen Seminarraum. Ich blickte ihr hinterher und lächelte. Sie war toll und irgendwie auch ein Vorbild.

Kapitel 11

Vroni saß mit ihrem Laptop am Küchentisch und raufte sich die Haare.

„So ein Mist, ey. So wird das doch nichts!", schimpfte sie.

Ich ging in die Küche und winkte ihr unschuldig zu. Vroni erwiderte meinen Blick und begann:

„Wir haben bisher nur drei Downloads verkauft! So können wir doch nicht unsere Miete bezahlen."

„Vielleicht sollten wir mehr Videos produzieren."

Ich wunderte mich, dass diese Aussage ausgerechnet von mir kam. Machte mir die Produktion ungewollten Spaß? – Wohl kaum. So unwohl wie gestern war mir in meinem ganzen Leben noch nicht.

„Du gefällst mir, Süße!", grinste sie.

„Aber nur, wenn du meinen Anteil erhöhst.", sagte ich schnippisch. „Ich habe den viel unangenehmeren Part in der Produktion. Außerdem schuldest du mir Geld."

Hastig stand Vroni von ihrem Platz auf und raste wie besessen in meine Richtung. Sie stellte sich vor mich und fixierte meine Augen. Sie schnaubte mir ins Gesicht. Erst wollte ich in Verteidigungsmodus gehen, aber ich merkte, dass meine Verhandlungsposition nicht fundamental schlecht war. Unsere Brüste berührten sich im Stehen. Wir fixierten unsere Blicke gegenseitig. Sie trug ihr dunkles Batman-T-Shirt und wieder ihre Jeans mit dem Loch über dem Knie. Keiner von uns machte einen Schritt zurück. Es war eine angespannte, aber gleichzeitig auch eine verspielte Situation.

Ich versuchte den Moment zu beenden. Ohne meine Oberarme viel zu bewegen, wanderte ich mit meinen Händen zu Vronis Taille. Gerade als sie wieder wütend einatmen wollte, kniff ich parallel mit beiden Händen in ihre Hüfte. Sie zuckte zusammen und viel lachend auf die Knie.

„Du kleines, freches...", kicherte sie ironisch.

Mehr bekam sie nicht heraus. Jetzt war ich an der Reihe. Ich kitzelte ihre Rippen, während sie lachend am Boden lag. Ihr Lachen klang viel schöner als meins. Ich fragte mich, warum sie nicht unser Hauptmodel war. Sie drehte sich auf den Bauch. Das war meine Chance. Ich setzte mich auf ihren Hintern und begann von oben bis unten ihren Rücken durch zu kitzeln. Sie strampelte und versuchte, mich von hinten zu treten. Es fühlte sich irgendwie gut und richtig an. Wenn es jemand verdient hatte, durchgekitzelt zu werden, dann Vroni. Ich wanderte mit meinen Fingern zu ihrem Nacken und beugte mich nach vorne. Sie zog ihre Schultern hoch und klemmte meine Finger zwischen Schultern und Unterkiefer ein. Jetzt hatte ich keine andere Wahl mehr, denn ich konnte meine Hand nicht mehr so einfach wegziehen. Sie gab ein sehr eigenartiges Geräusch von sich und sabberte dabei ein wenig auf den Küchenboden. Irgendwie eklig. Ich wettete, unsere Kunden hätten viel Geld für ein Video bezahlt. Vroni konnte sich aufrichten und schubste mich durch ihre Bewegung von ihrem Hintern. Meine Hände waren wieder frei.

Vroni drehte sich um, räusperte sich und sagte: „Nicht schlecht, Partner. - Frieden?"

Ich nickte und Vroni bot mir eine Umarmung an, die ich strahlend entgegennahm. Dass das ein billiger Trick war, hätte ich mir denken können. Bei der Umarmung schob sie ihre Hände unter meine Achseln und begann mich zu kitzeln. Jetzt war ich hilflos. Sie hatte ihre Arme um mich geschlungen und ich konnte nicht entkommen. Keuchend sank ich auf meine Knie und Vroni ließ mich kichernd am Boden liegen.

„Heute drehen wir mindestens zehn Videos. Das mit deinem Anteil überlege ich mir."

Ich grinste falsch und verschwand in mein Zimmer. In meiner Sporttasche lagen immer noch meine

Trainingsklamotten und ein eigenartiger Zettel. Ich nahm ihn heraus und schaute drauf. Mathias Nummer. Sollte ich es wagen?

Ohne weiter zu überlegen, griff ich nach meinem Handy und tippte seine Nummer ein. Ich ließ es einmal klingeln und lege dann wieder auf. Warum tat ich das? Ich wollte nichts von ihm und er war mir auch irgendwie unheimlich.

Plötzlich stand Vroni in meinem Zimmer.

„Lass uns gleich anfangen.", sagte sie und ging zu meinem Schrank.

Ich beobachtete sie etwas verdutzt, wie sie meinen Schrank durchwühlte. Sie griff in meine Kleidung hinein und warf ein Teil nach dem anderen hinter sich auf mein Bett. Meine Lauftights, meine zwei verbleibenden Strumpfhosen, ein Lauftop und meinen Sportbadeanzug.

„Ein Badeanzug? Echt jetzt? Hast du keinen Bikini?"

Ich schüttelte den Kopf. Ein Bikini war mir unangenehm. Ich kam mir darin trotz des Stoffes nackt vor. Der Sportbadeanzug erfüllte aber auch seinen Zweck. Immerhin war er passend geschnitten und sah auch vom Design her nicht schlecht aus. Er war dunkelblau und hatte an den Seiten jeweils drei hellblaue Streifen, die von meiner Taille bis unter die Achseln führten.

„Was machst du da eigentlich?", fragte ich endlich.

„Ich suche dir Outfits für den nächsten Shoot. Der am meisten verbreitete Fetisch ist der, der mit hautengen Sachen zu tun hat. Das sind die."

Sie deutete auf meine Wäsche, die sich langsam auf meinem Bett häufte. Ich rollte die Augen. Sie wollte vermutlich mindestens zehn Videos produzieren. Sollte mir recht sein, wenn niemand mich erkennen konnte oder die Produktion mit mir in Verbindung brachte. Ich wollte mir nicht ausmalen, was passieren würde, sollte mein zweiter Nebenberuf an die große Glocke gehängt werden. Er war mir peinlich, auch wenn mich die Möglichkeit des schnellen Geldes schon reizte.

„Badeanzug und Strumpfhose an. Dann in mein Zimmer.", befahl Vroni.

„In welcher Reihenfolge?"

„Strumpfhose an, über die Hose den Badeanzug. Verstanden?"

Ich willigte ein und tat wie mir befohlen war.

Heute drehten wir weit über zehn Videos. Es waren bestimmt zwanzig oder dreißig. Kleine Clips, in denen ich erotisch über meine Strumpfhose, meine Sporttights, meinen Badeanzug und natürlich über den Morphsuit streichelte. Aber auch längere Videos, in denen ich

86

gefesselt am Bett hing und versuchte, meine Arme freizubekommen. Dieselbe Handlung dann noch mal in sechs verschiedenen Outfits.

Ein Video war mir aber beim Drehen fast zu albern. Ich saß im Morphsuit auf Vronis Bett und sollte eine Banane mit einem Kondom beziehen. Das erinnerte mich an den Sexualkundeunterricht in der sechsten Klasse. Vorsichtig packte ich das Kondom aus, drückte die obere Seite ab und rollte es über die Banane. Ich musste vorsichtig sein, um nicht laut zu lachen. Vroni merkte aber, dass ich das albern fand. Für einen Moment stellte sie die Kamera aus.

„Laura! Lachst du etwa?", donnerte sie mir verständnislos entgegen.

„Sorry, das ist... das ist so albern.".

Ich konnte mein Lachen nicht mehr aufhalten und brach zusammen. Als ob Männer zu blöd seien, um sich ein Kondom überzustülpen. Vroni vergrub ihr Gesicht in der Hand. Sie dachte wahrscheinlich, ich sei albern und unreif. Vermutlich hatte sie Recht.

„Okay", befal sie, „atme durch und wir machen weiter. Ich will noch über Nacht die ganzen Filme hochladen. Immerhin müsste da in Japan Hochbetrieb sein."

Ich setzte mich gerade aufs Bett und versuchte, seriös zu wirken. Das Kondom lag schlaff auf meinem Knie. Ich sah es an und musste fast wieder loslachen. ‚Was kann man daran erotisch finden? ‘, dachte ich mir. Doch ich schaffte es, mich für drei Minuten zusammenzureißen.

Das war die letzte Session für den Tag. Mittlerweile war es Abend und ich ging in mein Zimmer. Zu Abend gegessen hatte ich noch nicht, aber aus irgendeinem Grund hatte ich auch keinen Hunger. Ich sah mein Handy auf dem Tisch liegen. Es blinkte wie verrückt. Ich nahm es auf und sah, dass ich einen verpassten Anruf und einige Nachrichten auf WhatsApp hatte. Ich entsperrte es und merkte, dass Matze zurückgerufen hatte.

In WhatsApp erschien eine neue Rufnummer, die ich nicht eingespeichert hatte. Es war ebenfalls Matze. Ich öffnete die Nachricht.

> *Du musst mir auch die Zeit geben, ans Handy zu gehen. ;)*

Ich lächelte. Das war süß. Auch wenn ich eigentlich nichts mit ihm zu tun haben wollte und ich ein schlechtes Bauchgefühl bei ihm hatte, verspürte ich den Drang, ihm zu antworten.

Wollte ich wirklich nichts mit ihm zu tun haben oder sehnte ich mich doch nach männlichem Kontakt? Er hatte Geld, sah gut aus und das Wichtigste war: Er mochte mich. Das freute mich sehr. Er war sehr hartnäckig, wenn nicht sogar unverschämt. Lang überlegte ich hin und her, was ich ihm schreiben sollte. Eigentlich wollte ich gleich mit der Tür ins Haus fallen. Aber wäre das schlau? – Schließlich tippte ich eine Nachricht ein.

Wollen wir uns morgen Nachmittag treffen? – Laura ;)

Einen Moment zögerte ich, drückte aber schließlich doch auf Senden. Die Reaktion ließ nicht lange auf sich warten.

Morgen, 16:00 Englischer Garten?

Ich antwortete mit einem Daumen nach oben. Ein Date. Verdammt nochmal, ich hatte ein Date in München ausgemacht. Freudig drehte ich mich zur Seite und schaute auf meinen Nachttisch. Auf dem Tisch lag ein kleines rotes Plüschschweinchen, das meinen Schlaf beobachtete. Ich sah es mit hochgezogenen Mundwinkeln an. Morgen würde ein guter Tag werden. Dessen war ich mir sicher. Ich wusste noch nicht, wie falsch ich lag.

Kapitel 12

Der Tag begann sehr überraschend. Während ich aus dem Badezimmer schlich, hörte ich einen Lauten Schrei der Freude aus Vronis Zimmer.

„YEEEEEESS!!!"

Erwartungsvoll linste ich durch den Türspalt. Ich hatte nur ein Handtuch um meinen Körper geschlungen und steckte meinen Kopf durch die Tür. Meine Haare hingen in langen nassen Strähnen von meinem Kopf.

„Wir werden reich.", rief Veronika mir entgegen. „Unsere Videos haben sich über Nacht richtig gut Verkauft. Wir haben einen Umsatz von sechshundert Euro gemacht. Über Nacht sind wird zum Topstudio geworden!"

„Kannst du sehen, in welcher Region wir die meisten Verkäufe haben?", fragte ich interessiert.

Mein analytisches Interesse konnte ich nicht verbergen. Vroni öffnete mit zwei Klicks ihre Umsatzseite.

„Wie vermutet: Die meisten aus Japan und den USA. Aber auch hier in Bayern kauft jemand all unsere Videos."

Die Information mit Bayern gefiel mir nicht so gut. Vielleicht war das ein anderer Student oder so. Wahrscheinlich war es aber irgendein gruseliger Systemadministrator. Als IT Standort in Deutschland hatten wir in München zur Genüge von denen.

„Hast heut Abend übrigens Sturmfrei. Bin bei einer Freundin und komme wohl nicht vor drei heim.", sagte sie, als ich mich wieder zur Tür heraus bewegte.

Interessante Info, dachte ich.

Die Vorlesungen an dem Tag waren nicht weiter erwähnenswert. Ich freute mich auf den Nachmittag. Natürlich wollte ich es mir nicht eingestehen. Am nächsten Tag musste ich wieder arbeiten. Wahrscheinlich hätte ich Matze sowieso wieder gesehen. Heute war es aber anders: Ich spürte ein Kribbeln in meiner Brust, wenn ich an den Nachmittag dachte. Dauernd schoss mir die Frage durch den Kopf, ob ich gut angezogen sei. Ich stand in der großen Haupthalle und betrachtete mein Outfit von oben bis unten. Schwarze Ballerinas und ein gelbes Sommerkleid mit Blümchenmuster. Das fand ich niedlich. Ich hoffte, Mathias sah das ähnlich. Ich sah auf und merkte, dass ich beobachtet wurde. Ein komischer Student stand hinter einem Stützträger und schielte zu mir rüber. Ich glaubte sogar, es war der gleiche Typ, der mich gestern im Hörsaal gestreift hatte.

Auf dem Weg nach draußen fiel mir ein, dass ich mit Matze keinen Ort des Treffens vereinbart hatte. Ich ging durch den Haupteingang und versuchte im Gehen meine App zu öffnen. Viel Aufwand war aber nicht erforderlich. Auf der gegenüberliegenden Straßenseite sah ich ihn bereits am Brunnen warten. Ich winkte ihm zu und er reagierte sofort.

Nachdem ich die Straße überquerte, bewegte ich mich schnurstracks in seine Richtung.

„Hey.", grüßte ich ihn etwas schüchtern.

Er umarmte mich direkt. Ich wehrte mich nicht. Es war irgendwie schön. Ich liebte Umarmungen und wusste sie auch immer mehr zu schätzen. In der letzten Woche war ich sehr unterknuddelt und da waren die steigende Zahl der Umarmungen von Clara, Vroni und jetzt Matze eine willkommene Abwechslung.

„Viel gelernt?", fragte er.

„Es ist der Anfang des Studiums. Das kann ich noch nicht beantworten. Wollen wir dann?"

Matze und ich bewegten uns nebeneinander in Richtung Englischer Garten. Auf der Straße kamen uns immer mehr Jogger entgegen. Langsam dachte ich, dass ich mich ihnen auch anschließen sollte. Die Veterinärstraße kam mir sehr kurz vor. Wir mussten noch eine weitere Kreuzung überqueren und wir betraten den südlichen

Teil des größten Stadtparks. Links befand sich ein Gebäude meiner Uni, rechts ein kleines Café, das mich an eine urige bayrische Hütte erinnerte.

„Willst du ein Eis?", fragte er in einer sehr anziehenden Tonlage.

„Ja gerne. Wo gibt es denn Kugeleis?"

„Ich glaube, am Chinesischen Turm.", antwortete er und wechselte mit mir die Richtung.

Es war irgendwie anziehend, mit welcher Sicherheit er sich bewegte. Das war aber auch nicht verwunderlich. Im Gegensatz zu mir lebte er schon sein ganzes Leben hier. Dresden kannte ich auch wie meine Westentasche. Wenn Matze und ich zusammenkämen, müsste ich ihm unbedingt meine Heimatstadt zeigen. Eigenartig, wie meine Gedanken während unseres Spaziergangs wanderten.

Auf dem Weg erzählte er mir von seiner Arbeit. Er hatte Stress mit einigen seiner Kunden. Einige fanden seine Arbeit zu teuer oder zu undurchsichtig. Viele konnten nicht verstehen, was er mit dem Geld machte. Obwohl mir dieser Umstand für ihn leidtat, musste ich zugeben, dass ich als Firmenchefin auch nicht die Hände für einen Juniorconsultant ins Feuer legen würde. Auch wenn er den Job von Kindesbeinen eingetrichtert bekam, hatte er doch eine Überheblichkeit in seiner Art, die seine fehlende Fachkompetenz herunterspielen sollte.

Nebenbei erzählte er mir auch, dass er gerne ins Casino und zu Spielbanken geht. Da es in München keine vernünftigen Einrichtungen gab, war er häufiger in Garmisch oder Salzburg anzutreffen. Einmal, so erzählte er mir, habe er ein ganzes Monatsgehalt verloren. Das sei aber ein Weckruf für ihn gewesen. Seither sei er nicht mehr ins Casino gegangen. Er war ein schlechter Lügner. Auch wenn ich keine besondere Menschenkenntnis vorweisen konnte, merkte ich, dass er nicht mit dem Glücksspiel aufgehört haben konnte. Dazu erzählte er mir mit einer zu großen Leidenschaft davon.

Neben dem Chinesischen Turm gab es eine kleine Eisdiele. Sie war nicht groß, aber sie hatte alle Sorten, auf die ich jetzt Lust hatte. Natürlich gab Matze mir mein Eis aus. Daher war ich nicht zögerlich und bestellte mit fünf Kugeln. Das sendete bestimmt eine gewisse Gier aus. Das war mir aber in dem Moment egal. Er hatte mich ja bei der Arbeit angesprochen und deswegen musste er mich auch ertragen. Ich schaute aber nicht schlecht, als er sich ein ebenso großes Eis bestellte. Schließlich ließen wir uns auf einer Bank nieder und er begann weiter von sich zu erzählen.

Ich hätte auch nicht gewusst, was ich ihm großartig erzählen konnte. Psychologiestudentin aus Dresden, vor einer Woche nach München gezogen, spiele seit Jahren

Volleyball, bin bei meiner Mutter und meinem Bruder aufgewachsen, verdiene mein Studium mit Kellnern. Meinen anderen Nebenberuf erwähnte ich in Gedanken nicht, weil ich auf keinen Fall wollte, dass er es herausfand. Ich überspielte diese Information einfach. Ehrlich gesagt wusste ich nicht, warum ich überhaupt über meinen Redeanteil nachdachte. Das Gespräch ging nur um ihn und es sah nicht so aus, als würde sich das ändern.

Er fasste nach meiner Hand. Erst zog ich reflexartig weg, ließ sie dann aber doch auf meinem Schoß liegen. Wieder griff er danach. Seine Hand umfasste meine und er beugte sich wortlos vor. Die Stille war angenehm. Ich schloss meine Augen und neigte den Kopf nach hinten. Es dauerte nicht lange, da spürte ich seine Lippen auf meinen. Ein Stoß voller Schmetterlinge durchfuhr meinen Körper. Von oben bis unten, von unten bis oben. Ich legte meine Hand auf seinen Hinterkopf und streichelte durch seine kurzen Haare. Vorsichtig drückte ich seinen Kopf weiter in meine Richtung. Seine Zunge öffnete meine Lippen und strich an meinen Zähnen entlang. Dann öffnete ich meinen Mund komplett und ließ meine Zunge mit seiner tanzen. Es war ein unglaubliches Gefühl und der erste Kuss meines Lebens, der sich so anfühlte, wie ich es mir von den Filmen vorstellte.

Nach einer halben Minute ließ er von mir ab und rückte ein Stück von mir weg. Verunsichert sah ich auf den

Boden. Empfand er unsere plötzliche Nähe als Fehler? Ich war mir nicht sicher, wie ich das beurteilen sollte. Ich blickte über meine Schulter. Die Hände waren krampfhaft um die grüne Sitzfläche der Bank geklammert. Auch er imitierte meine Körperhaltung.

„Ich wohne hier in der Nähe.", sagte ich.

Oh nein, wie dumm war das denn? – Signalisierte es etwa, dass ich billig war? Leicht zu haben? Eine Schlampe, die man nur küssen musste, um mit ihr in der Kiste zu landen? Wie reagierte er darauf?

Zu viele Fragen schossen mir durch den Kopf. Doch Matze blickte mir lächelnd in die Augen und sagte:

„Diese Deutlichkeit habe ich nicht erwartet. Du bist mir zu anständig."

Verlegen schaute ich auf seine Schuhe. Es waren schwarze Lackschuhe. Bestimmt waren sie sehr teuer. Bestimmt waren sie aber auch sehr ungeeignet für den staubigen Boden im Englischen Garten.

Ehe ich mich versah, betrat ich mit ihm zusammen unsere Wohnung. Vroni war tatsächlich ausgeflogen. – Zum Glück! Sonst wäre ich in Erklärungsnot geraten. Ein kleines Bisschen Privatsphäre wollte ich für mich behalten.

„Leg deine Schuhe einfach links ab. Da ist unser Badezimmer und direkt daneben ist mein Schlafzimmer."

Matze legte seine Schuhe ab und musterte unseren Flur.

„Ist was?", fragte ich.

„Nee, nee", antwortete er, „ich kenne diesen Flur. Aber kann ihn gerade nicht zuordnen."

Ich schluckte. War er möglicherweise, der „Systemadministrator"? Das konnte ich mir nicht vorstellen. Er war der Typ, dem die Frauen zu Füßen lagen. Jemand wie er kaufte doch keine Fetischpornos.

Auch ich schlüpfte aus meinen Ballerinas und verschwand in mein Zimmer. Matze folgte mir. Er setzte sich neben mich, als ich auf meinem Bett saß und verlegen mit meinen nackten Füßen einen Kreis in den Teppich zeichnete. Sanft lege er seine Hand in meinen Nacken und zog meinen Kopf zurück. Ich schloss meine Augen und spürte wieder seine Lippen auf meinen. Er drückte mich auf meinen Rücken und zog mich weiter ins Bett hinein. Mein linkes Bein umschlang sein rechtes. Ich war bereit, meiner Jungfräulichkeit endlich ein Ende zu setzen. Mein Herz klopfte laut und aufgeregt und in meinem Kopf dröhnte: „Jetzt passiert es! Jetzt passiert es!"

Matzes Hand fuhr unter mein Kleid. Allerdings an eine andere Stelle, als ich erwartet hatte. Sein ganzer Arm steckte unter meinem Sommerkleid und seine Hand lag auf meiner Rippe. Ich war verwirrt, doch wir küssten uns weiter. Plötzlich überkam mich ein komisches Gefühl. Ich lachte laut auf. Matzes Finger kitzelten an meinen Rippen, was die romantische Stimmung zerstörte.

„Hör auf! Du weißt doch, wie kitzlig ich bin!", schrie ich.

„Darum mache ich es ja."

Seine linke Hand steckte er unter mein Kinn und kitzelte mich am Hals. Ich kicherte krampfhaft. Es klang ein wenig wie Ernie aus der Sesamstraße. Für einen kurzen Augenblick ließ er mich los. Ich zog meine Beine heran und kauerte mich zusammen, um meinen Bauch zu schützen. Dann griff er nach meinen Füßen und das Spielchen ging weiter. Mein Zwerchfell begann zu schmerzen. Er hörte auf.

„Moment.", sagte er in einem Ton, der mir einen Schauer über den Rücken jagte. „Ich weiß jetzt, woher ich euren Flur kenne."

Ich schluckte. Er war unser Stammkunde aus München. Das erklärte auch, warum er mich bei unserer ersten Begegnung kitzeln wollte und mich auch jetzt bei unserem Date quälen musste. Er hatte sich schon mehrmals an mir erleichtert, nur wusste er jetzt, dass ich es war.

„Ihr macht diese Videos!", lachte er selbstzufrieden. „Das hältst du doch im Kopf nicht aus. Deine Mitbewohnerin und du: Ihr Seid die Münchner Fetisch Fabrik."

Er lachte und zeigte auf mich.

„Wo ist dein Tigerkostüm? Oder dieses Geparden-Ding?"

Mir standen die Tränen in den Augen. Ich wünsche Vroni wäre dagewesen, um ihn raus zu befördern. Matze stand vom Bett auf, verließ mein Zimmer und donnerte Vronis Tür auf. Scheinbar hatte auch sie die schlechte Angewohnheit, ihre Zimmertür nicht abzuschließen.

Ihr Zimmer war wie gewöhnlich unaufgeräumt. Der Morphsuit lag über ihrem Nachttisch und Matze schien ihn in die Hand zu nehmen.

„Ich werde verrückt. Hier dreht ihr eure Fummelfilme!"

Mir wurde immer komischer. Hätte ich doch bloß auf mein Bauchgefühl gehört und ihn nicht in mein Leben gelassen. Ich war mit den Nerven völlig am Ende. Ich kauerte mich zusammen und presste meine Augen auf meine Kniescheiben. Das durfte doch nicht wahr sein. Eine Träne lief mir über die Wange. Leider blieb es nicht nur bei einer. Mein Schluchzen muss wohl ziemlich laut gewesen sein. Matze steckte den Kopf durch meine

99

Zimmertür und sah mich hilflos und zusammengekauert auf dem Bett liegen. In der Hand hielt er den Leopardenanzug. Er warf ihn mir vor die Füße.

„Anziehen!", befahl er.

„Nein.", flehte ich.

Dass er diese Antwort nicht gerne hörte, war mir klar. Er sprang auf mein Bett zu und versuchte mein Kleid hochzuziehen. Als ich meine Pose nicht öffnete, versuchte er mich unter den Armen zu kitzeln, damit ich mich bewegte. Zum Glück reagierte mein Körper nicht. Er gab für den Moment auf.

„Bitte erzähl es keinem.", jammerte ich.

„Gut, gut.", sagte er. „Aber das wird dich was kosten."

Ich sah auf.

„Ich will mein Geld für die Einkäufe bei euch zurück. Ich wichse mir doch keinen zu einer Frau, die ich auch umsonst haben kann. – Außerdem will ich die Hälfte eurer Einnahmen. Sonst erfährt jeder in der Uni von deinem kleinen Hobby. Kein Junge wird dich jemals wieder anschauen. Wer will schon mit einer Pornodarstellerin zusammen sein? – Oder eine Pornodarstellerin als Kellnerin einstellen?"

Ich stimmte zu. Das Schweigegeld kam mir ziemlich hoch vor. Aber was sollte ich machen? Er hatte mich in der Hand. Es wunderte mich auch nicht, dass er während er seine Forderungen nannte, das Aufnahmegerät seines Handys mitlaufen lies, wie er mir später schrieb.

Die Geldkassette meiner Mutter war leer. Erst das geliehene Geld von Vroni und dann die „Rückerstattung" an Matze. Meine arme Mutter, wenn sie das herausgefunden hätte, wäre sie wohl am Boden zerstört. Ich konnte aber nicht mit meiner Familie darüber reden. Ich schämte mich einfach zu sehr. Wenigstens konnte ich eine Vergewaltigung gerade so abwenden.

Matze verschwand mit dem Geld und dem Morphsuit. Ich war mir sicher, dass er ihn nochmal selber verwenden werde.

Tieftraurig und weinend saß ich auf meinem Bett. An Schlaf war nicht zu denken und auch Vroni war nach drei nicht zu Hause. Wie konnte ich mich nur so verarschen lassen? – Ich war doch immer vorsichtig. Hatte ich diese Behandlung verdient? Dachten die Männer, sie könnten sich alles nehmen, wenn sie nur ein Druckmittel haben? Diese Gedanken sausten für Stunden durch meinen Kopf. Irgendwann um sechs Uhr morgens kippte ich doch vor Erschöpfung um.

Kapitel 13

Lange schlief ich nicht. Als ich auf den Wecker schaute, war es acht Uhr morgens. Ich war fertig. Mit allem.

Zusammengekauert lag ich auf dem Bett. Mein Sommerkleid trug ich nach wie vor. Mir war nicht danach, mich auszuziehen. Ich hörte, wie die Wohnungstür aufgeschlossen wurde und jemand in den Flur trat. Vroni kam zurück. Ich lauschte, was sie tat. Ohne nennenswerte Geräusche stolperte sie in ihr Zimmer. Ich fragte mich, was sie unter der Woche so spät gemacht hat. Diese Frage beschäftigte mich aber nicht allzu lange. Immerhin war ich mit meinen eigenen Problemen beschäftigt.

Es war Mittwoch. Mir viel ein, dass ich heute kellnern musste. Natürlich war ich nicht in der Verfassung dazu. Auch auf die Gefahr hin, unserem wertvollen Stammkunden nicht zu begegnen. Ich griff nach dem Handy und rief bei Herrn Jäger an. Es war die Mailbox.

„Hallo Herr Jäger, hier ist Laura Horn. Ich habe mich über nach erkältet und kann leider nicht zur Arbeit kommen.", jammerte ich mit Tränen in den Augen auf den Anrufbeantworter.

Erschöpft legte ich mein Handy zur Seite. Eigentlich konnte ich froh sein, durchströmte es meinen Kopf. Ich richtete mich auf und versuchte, meinen Gedankengang zu verstehen. ‚Wenn dein Selbstmitleid von einem solchen Gedanken unterbrochen wird, solltest du dir Gedanken machen', dachte ich mir. Woher kam dieser Gedanke? – Ich wünschte, ich wäre in meinem Studium weiter gewesen, dann hätte ich ihn analysieren können.

Trotzdem brachte er mich zum Grübeln. Was war an dieser Situation gut? Weswegen könnte ich froh sein? Hätte es schlimmer sein können? – Mein Kopf ratterte und es dauerte nicht lange, bis er mir Ergebnisse lieferte.

Ich konnte froh sein, dass es keine echte Vergewaltigung war. Ich konnte froh sein, dass ich nicht mit ihm geschlafen hatte. Ich konnte froh sein, dass ich nicht von ihm schwanger geworden wäre. Ich konnte froh sein, dass ich noch lebte. Ich konnte froh sein, dass er mein Geheimnis noch nicht veröffentlichte... Die Liste füllte sich. Einen wirklichen Rückhalt gab sie mir aber nicht.

Mein Handy leuchtete. Ich schaute auf und merkte, dass ich eine WhatsApp Nachricht bekam. Vorsichtig ließ ich mir die Vorschau anzeigen. – Herr Jäger hatte geschrieben:

Hallo Laura,

vielen Dank für deine Nachricht. Das ist sehr schade. Ich werde eine Kollegin fragen. Eine gute Besserung. Du machst einen tollen Job.

Einen Moment lächelte ich. Ich hatte einen netten Chef. Dann überlegte ich aber etwas tiefer: Hätte er mich nicht gebeten, unseren „Stammgast" zu bedienen, wäre das alles nicht passiert. Im Grunde war alles seine Schuld. Das Grübeln ging wieder los.

Wäre ich in ein anderes Restaurant gegangen, wäre das alles nicht passiert. Wäre ich nicht auf Matze eingegangen, wäre das alles nicht passiert. Hätte ich mich nicht zu ihm gesetzt, wäre das alles nicht passiert. Wäre ich ein wenig erfahrener gewesen, wäre das alles nicht passiert. – Das war mein Fehler: Das Wörtchen „ich" befand sich zu oft in meinen Gedanken. Es war falsch, meinem Chef oder irgendwem anders die Schuld zu geben. Ich war das Problem. Ich hätte auf mein Bauchgefühl hören müssen.

Ich kauerte mich zusammen und schaute aus dem Fenster. Ein typischer Sommerregentag, perfekt um im Bett zu bleiben, ohne, dass jemand dumme Fragen stellte. Draußen hörte ich Vronis Zimmertür aufschlagen. Ich tastete mich an meine Tür und schloss um. Sie durfte mich nicht sehen, mich nicht stören. Ich war noch nicht so weit, dass ich mit meiner Verfassung zu anderen Menschen gehen konnte.

„Hey, Partnerin!", rief es aus dem Flur.

Ich reagierte nicht. Jemand machte sich an meiner Zimmertür zu schaffen und drückte die Klinke herunter.

Sie sollte mich einfach in Ruhe lassen. Einen unpassenderen Zeitpunkt gab es nicht.

„Hast du dich eingeschlossen?"

Ich versuchte leise zu bleiben. ‚Bitte, geh' einfach weg', dachte ich.

„Willst du, dass ich glaube, du bist nicht da? Also da hättest du das auch anders machen können. Da hätte ich auch abgeschlossen bevor ich gekommen wäre. Hast du nen Typen da drin?"

Ich musste mir ein Schluchzen verkneifen. Im Grunde war doch alles Vronis Schuld. Sie hat mich darum gebeten, in ihren komischen Fetischpornos mitzuwirken. Ohne sie hätte Matze kein Druckmittel gehabt. Sie war an der Situation schuld. Ich überlegte weiter: Andererseits hätte er seine Zähne viel zu spät gezeigt. Nachher wäre ich mit ihm zusammengekommen und er hätte mich während unserer Beziehung missbraucht oder mental zerstört.

War es unter Umständen sogar gut, dass es so passiert war?

Mein Handy leuchtete auf. Ich sah darauf. Es wäre schön, wenn Clara sich gemeldet hätte. Aber das war nicht möglich. Schließlich hatte sie meine Nummer nicht und sie ist ja nicht die NSA. – Matze:

> *Na, Kleines? – Wie sehen denn die Umsätze aus? Schick mir mal einen sauberen Screenshot von eurer Umsatzseite, sonst... du weißt schon ;)*

Das Emoticon hätte er sich sparen können.

Ich schrieb zurück:

> *Geht gerade nicht. Ich habe keinen Zugriff auf das Konto. Das kann man nur von dem PC von meiner Mitbewohnerin.*

Es dauerte nicht lange und er antwortete.

> *Sieh zu, wie du die Umsatzberichte besorgst. Ich will, was mir zusteht, sonst bekommst du, was du verdienst, Wichsvorlage!*

Mein Herz wurde schwerer. Das tat weh. Das tat richtig weh. War ich ein schlechter Mensch, weil ich mein Studium durch unkonventionelle Geschäftsideen finanzieren wollte? – Ich war keine Unternehmensberaterin. Ich war eine Studentin, die jeden Cent zweimal umdrehen musste und trotzdem so gutmütig, dass ich Geld an meine Mitbewohnerin verlieh.

„Hör zu, Partner.", hörte ich es von draußen. „Ich gehe einkaufen. Willste was ham?"

Ich antwortete nicht und wartete einen Moment. Vroni seufzte. Kurz danach hörte ich Schlüssel klimpern und die Tür knallen. Sie war weg. Ich schloss meine Tür auf und spähte in den Flur. Wenn sie nicht abgeschlossen hatte, dann... Volltreffer.

Ich fühlte mich genötigt, Matze tatsächlich den Bericht zu schicken. Also setzte ich mich an Vronis PC. Zum Glück hatte sie ihn nicht passwortgeschützt. Auch auf unsere Umsatzseite war sie bereits eingeloggt. Ich klickte auf den Reiter „Umsatzübersicht". Nicht schlecht. Wir hatten in einer Woche sechstausend Euro verdient. Ich hielt mein Handy hoch, machte ein Foto des Betrages und schickte es an Matze. – Es dauerte nicht lange und er antwortete.

> *Ich erwarte die drei Riesen heute Abend beim Happy.*

Mich überkam ein Schauer. Er wollte das Geld heute haben und ausgerechnet bei meinem Arbeitsplatz? – Dieser Mann war gerade dabei, mich zu zerstören. Es fraß mich innerlich auf. Eine Träne musste ich zurückhalten und meine Brust fühlte sich schwer an. Was sollte ich tun? Ich konnte doch nicht arbeiten gehen. In meinem Zustand konnte ich nicht einmal Vroni vor die Augen treten. Er verlangte wirklich, dass ich das Haus verließ? - Okay, ich wollte ihn auf der anderen Seite auch nicht mehr in unserer Wohnung haben. Aber hätte er mir nicht ein wenig Zeit lassen können, um mit dem Schock umzugehen?

Warum fragte ich mich das? Jemand, der andere Menschen so behandelte, wie er es tat, war nicht fähig irgendeine Form von Empathie zu empfinden.

Aber gut, ich musste mich seinen Befehlen beugen. Er hatte mich schließlich in der Hand und er könnte mit einem Schnipsen mein ganzes Leben zerstören.

Ich schrieb zurück:

18:00 auf dem Geschwister-Scholl-Platz

War mir klar, was das bedeutete? – Matze willigte ein.

Ich zog mich in mein Zimmer zurück. Ein paar Stunden hatte ich noch Zeit, bevor ich zur Schlachtbank geführt wurde.

In meinem Zimmer schmiss ich mein Laptop an und scrollte ein wenig in den sozialen Netzwerken herum. Trotz allem sehnte ich mich nach menschlichem Kontakt. Ich wollte meine Gefühle und Probleme mit jemandem teilen. Ich brauchte Hilfe, ich brauchte jemanden, der mich aufbaute. Dieser Jemand war nicht Vroni. Schließlich besuchte ich Facebook und suchte nach Clara. Zu viele Einträge und die meisten wohnten in Dresden. Ich kannte ihren Nachnamen nicht. Schließlich kam ich aber auf eine Idee: Der Volleyballverein hatte sicher ein

Mannschaftsfoto auf der Website. Ich besuchte also die Vereinsseite und suchte nach dem Teamfoto.

Vordere Reihe links: Clara Wenger. Ich klickte zurück auf Facebook und suchte nach Claras vollem Namen. Zum Glück fand ich sie und fragte sie als Kontakt an. ,Bitte nimm an, ich brauche dich jetzt', dachte ich verzweifelt.

Kapitel 14

Um halb sechs schlich ich mich aus meinem Zimmer. Vroni hatte sich in ihr Zimmer zurückgezogen und ich wollte nicht, dass sie mich hörte. An der U-Bahn Station gab es einen Geldautomaten. Ich hob die dreitausend Euro ab und stellte mich vor den Brunnen. Zum vereinbarten Zeitpunkt tauchte Matze auf.

Er kam mir gefährlich nahe. Reflexartig sprang ich einen Schritt zurück. Ich hatte Angst, wollte es mir aber nicht anmerken lassen. Wenn ich meine Gedanken so im Nachhinein reflektiere, wäre es auch egal gewesen. Immerhin war ich nur hier, weil ich vor etwas Größerem Angst hatte.

„Laura, Laura, Laura!", rief er zynisch. „Die Liebe meines Lebens."

Er kam mir nahe und spitze seine Lippen. Wollte er mich etwa küssen? Wütend wich ich zurück. Er lachte.

„Hast du das Geld?"

Ich hob meine Hand und hielt ihm die dreitausend Euro in bar hin.

„Gut, Kleines. Das gleiche erwarte ich nächste Woche Mittwoch noch einmal. Und wehe, ihr macht keine Umsätze."

Er drehte sich um, stieg in sein Auto und verschwand in seinem schwarzen BMW.

Mich traf es wieder wie ein Stich ins Herz. Wie war es nur so weit gekommen? War das, was ich tat überhaupt richtig? Er musste irgendwie meine Reaktion riechen können. Möglicherweise war ich sehr leicht zu durchschauen. Ich konnte es nicht genau sagen. Um ehrlich zu sein, konnte ich meine Gedanken auch nicht gut genug ordnen, um zu wissen, warum ich seinen Anweisungen folgte. Er schien zu wissen, dass ich mir an der Uni ein Image wahren wollte. Immerhin gab es tausende Pornomodels, die sich gerne zeigten und damit ihren Lebensunterhalt verdienten. Sie liebten meistens sogar das Rampenlicht. Das war ich aber nicht; ich war keine dieser selbstbewussten Frauen, die über allem drüberstanden. Ich ging auch nicht vor laufender Kamera mit fremden Männern ins Bett. Ich streifte vor der Kamera maskiert über meine Beine, zeigte meine Füße und legte mir selber Handschellen an. Was war mein Problem? Warum hatte er mich in dem Moment so in der Hand?

Meine Gedanken wurden klarer. Ich brauchte jemanden, mit dem ich sprechen konnte. Dieser jemand war nicht

Vroni, sondern Clara. Ich schaute auf mein Handy. Sie hatte meine Kontaktanfrage noch nicht angenommen.

Um diese Zeit war sie beim Volleyballtraining. Ich machte mich also auf den Weg zur U-Bahn und fuhr nach Schwabing. Ich wartete vor der Turnhalle und ließ mir nochmal alles durch den Kopf gehen. Es zerstörte mich immer noch, aber ich brauchte jemanden, mit dem ich sprechen konnte. Nicht Vroni, nicht Joachim, nicht Mama, nicht meine Mädels in Dresden, sondern jemanden, dem ich in die Augen sehen konnte. Jemand, der mir zuhörte, jemanden der mich so mochte, wie ich war. Eine Frage blieb aber offen: War das auch wirklich Clara? – Immerhin kannte ich sie kaum. Ich habe mit ihr einmal trainiert, sie hat mich in ihrem Auto mitgenommen und mich einmal in der Uni angesprochen. Unsere Bindung war zugegebener Weise nicht besonders stark. Mein Bauchgefühl sagte mir, dass sie mir helfen konnte. Jetzt war es an der Zeit, auf meinen Bauch zu hören, den ich so lange ignoriert hatte.

Ende des Trainings. Die Turnhallentür ging auf und eine Spielerin nach der anderen verschwand in die Nacht. Nervös wartete ich auf Clara. Ein paar Minuten später öffnete sich die Tür erneut und Clara kam zusammen mit dem Trainer aus dem Gebäude. Verdammt, sie war nicht allein. Clara bemerkte mich auch nicht. Watzmann und sie gingen noch eine ganze Weile zusammen. Ich folgte ihnen langsam. Schließlich blieben sie stehen und umarmten sich. Watzmann gab ihr dabei einen Kuss auf die Wange, den Clara ironisch abwischte. Der Trainer lachte und winkte ihr noch einmal zu, bevor er sich auf den Weg zum Bus machte. Vorsichtig kam ich ihr näher.

„Hey.", sagte ich.

Clara drehte sich erschrocken um und fasste sich aufs Herz. Sie sah mich und lachte:

„Laura. Mann, hast du mich erschreckt. Bist du nicht bei der Arbeit?"

Ich schüttelte den Kopf und musste mir eine Träne verdrücken. Clara merkte, dass etwas mit mir nicht stimmte. Sie setzte einen rücksichtsvollen Blick auf und gab mir eine innige Umarmung. Das tat mir gut. Ich drückte sie fest an mich heran und begann zu weinen. Clara streichelte mir über die Schläfe und küsste mich auf die Stirn. Für jemanden, den ich kaum kannte, war das sehr lieb. Ich brauchte es in dem Moment einfach. Ich war so dankbar, dass sie für mich da war.

„Was ist los?", flüsterte sie und streichelte mir mit der anderen Hand über den Rücken.

Ich drückte sie noch fester und begann zu erzählen:

„Ich... jemand hat... es ist so schwer..."

Ich konnte es ihr nicht sagen, so sehr ich es auch versuchte. Wie viel durfte ich ihr erzählen? Konnte ich ihr wirklich vertrauen? Wie wahrscheinlich war es, dass sie mich mit dem neuen Wissen fertigmachen könnte? Was hätte sie davon? Soll ich wirklich jemandem außer Vroni von meiner zweiten Nebentätigkeit erzählen? Warum sagte mein Bauchgefühl mir immer, dass Vroni nicht die richtige war?

Die Fragen taten langsam aber sicher im Kopf weh und ich wartete auf eine Reaktion von ihr. Diese kam aber nicht in Worten, sondern in einer liebevollen Geste. Sie drückte mich noch fester und es schien, als wolle sie mich nicht mehr loslassen. Das habe ich vermisst. Ich musste feststellen, dass ich ein Mensch war, der auf Streicheleinheiten angewiesen war. Aber das war ja nichts Schlechtes.

„Hör zu.", begann sie nach einiger Zeit. „Sammle dich erstmal. Wir können ja telefonieren."

„Nein.", stotterte ich. „Ich brauche dich, Clara. Ich brauche dich. Lass mich... mich jetzt bitte nicht allein."

Die Situation war mir irgendwie doch peinlich. Was erwartete ich von ihr? Welche Reaktion erwartete ich? Zu dem Zeitpunkt war ich nur froh, dass sie mich nicht wegschubste. Aber allzu lange konnte ich sie auch nicht aufhalten.

Sie sagte: „Ich bin für dich da, Laura. Immer und jederzeit. Aber wenn ich nicht weiß, was mit dir ist, kann ich dir auch nicht helfen."

Das verstand ich. Mein ganzer vorhandener Mut kam in mir auf und ich machte es kurz und leider auch schmerzvoll:

„Ich werde erpresst."

Ich vergrub mein Gesicht in meinem Ellenbogen und schluchzte. Clara erkannte meine Verzweiflung und nahm mich wieder in die Arme. Sie umarmte meinen Oberkörper und küsste mir mehrmals auf den Kopf. Mein Bauchgefühl hatte sich nicht getäuscht. Wenn mir jemand helfen konnte, wenn mich jemand wieder mutig machen konnte, dann war es Clara.

„Wer? Mit welchem Mittel?"

Jetzt wurde mir klar, dass ich vor einem anderen Menschen auspacken musste.

„Ein Mann. Ein Mann, den ich bei der Arbeit kennengelernt habe.", begann ich.

Clara wurde hellhörig.

„Er weiß etwas über mich, was mein Leben zerstören könnte. Darum soll ich ihm Geld zahlen... ich habe heute dreitausend Euro verloren."

115

Erst blieb Clara ruhig, doch dann bohrte sie weiter nach:

„Dreitausend Euro ist aber eine ganze Menge. Woher sollst du das Geld denn nehmen?"

Jetzt hatte sie mich. Ich fühlte mich dazu genötigt, auszupacken. War ich jetzt schon bereit dazu oder sollte ich es ihr doch verschweigen? Ich entschied mich für das Richtige und begann:

„Ich habe eine neue Einkommensquelle mit meiner Mitbewohnerin gefunden..."

Clara hörte mir gut zu und tröstete mich.

„Aber das Geld wird dir doch bestimmt noch nicht ausgezahlt, oder?", fragte sie.

Ich schüttelte den Kopf. Mir war bewusst, dass ich mein Erpressergeld auf meine eigene Bürgschaft herausgab. Ich wusste nicht, wann die Plattform zahlte, ich wusste nicht, wann Veronika mir das Geld überwies. Ich hatte nichts in der Hand. Wenn Matze das Geld weiter im Voraus verlangte, waren meine Rücklagen aufgebraucht.

Clara sah mir in die Augen. Sie legte ihre Hände auf meine Schultern und begann:

„Das, was du machst ist nichts Verwerfliches. Du bist deswegen nicht billig. Im Gegenteil: Ihr habt eure Prinzipen. Selbst wenn es rauskommen sollte, hast du

dein Gesicht nicht verloren. Verstehst du, Laura? –
Warum interessierst du dich so sehr, was andere von dir
denken? Davon abgesehen, muss er es erstmal beweisen.
Sag Bescheid, wenn es so weit ist. Ich bin für dich da,
meine Liebe."

Das erste Mal an diesem Tag konnte mich jemand zum
Lächeln bringen. Ich brauchte nicht zu sagen, wie
wertvoll die Bekanntschaft mit Clara war.

„Komm, wir fahren nach Hause.", sagte sie und
wir gingen zu ihrem Auto.

Sie ließ den Motor an und parkte aus.

„Weißt du, was komisch ist?", fragte sie.
„Warum erpresst ein Typ eine Studentin? Warum nicht
jemanden mit mehr... Kaufkraft?"

Ich zuckte die Achseln.

„Wahrscheinlich bin ich ein leichtes Opfer.
Irgendwie muss er noch seine Spielschulden bezahlen.
Davon hat er sehr viel erzählt."

„Spielschulden also?"

Claras Stimme wurde rauer.

„Ja genau. Dieser Typ ist wahrscheinlich
spielsüchtig."

„So einen hatte ich bis vor kurzem auch.", sagte sie. „Ich will dich nicht wieder damit nerven. Aber mein Ex ist auch aus diesem Holz geschnitzt: Er hat eigentlich einen Haufen Kohle, aber zockt und zockt und zockt. Zuletzt hatte er sogar mich angepumt."

„Wie hieß er...?", wollte ich fragen, konnte die Frage aber noch knapp unterdrücken.

Clara lachte: „Ist schon gut. Wir sind Freunde. Du hast alles Recht zu Fragen."

Sie räusperte sich. Mich durchflog eine Ahnung, die ich nicht abschalten konnte. Die Wahrscheinlichkeit, dass sich meine Ahnung bewahrheitete, war aber sehr gering. Immerhin war München eine der größten Städte Deutschlands und kein kleines Dorf. Außerdem war Clara frisch getrennt, während mir Mathias erzählte, dass er schon länger single war. Wie wahrscheinlich war es also, dass...

„Mathias Umfang.", sagte sie.

Vor meinen Augen blitzten die Puzzleteile auf:

„Herr Umfang, das Gleiche wie jeden Tag?", hatte Herr Jäger Matze an meinem ersten Arbeitstag gefragt. Alles andere passte auch: Der Unternehmensberater, die Spielsucht, einfach alles.

„Das ist...", begann ich.

Doch Clara dämmerte es auch bereits. Es war unmöglich und doch wahr.

„...nicht dein Ernst?", komplettierte sie meinen angefangenen Satz.

Wir fuhren Wortlos in Richtung Türkenstraße. Wir konnten diesen unangenehmen Zufall einfach nicht glauben. Das war wie aus einem schlechten Film.

Clara hielt am Straßenrand und ließ mich aussteigen.

„Gib mir deine Nummer.", sagte sie fordernd.

Ich diktierte sie ihr und sie speicherte sie ab.

„Ich schicke dir später was. Gib ihm kein Geld mehr. Hast du verstanden?"

Ich nickte dankend. Zum Schluss schenkte sie mir noch ein Lächeln, das so etwas ausdrückte wie: Jetzt geht der Spaß los.

Kapitel 15

Ich schlich mich auf mein Zimmer. Vroni merkte zum Glück nicht, dass ich nach Hause gekommen war.

„Hey, Kleine! Komm'ma her!"

Oder sie merkte es doch. Als meine Zimmertür zuschlug, ertönte plötzlich ihre Stimme. Sie nannte mich Kleine. Das war kein gutes Zeichen. Als ich keine Reaktion zeigte, hörte ich ihre Tür aufgehen. Mit einem Ruck wurde auch meine Tür aufgeschleudert.

„Wenn ich sage, du sollst herkommen, dann hast du herzukommen. Klar? – Biste an meinem Computer gewesen?"

„Ja, aber...", stotterte ich.

Vroni ging auf mich zu, gab mir eine Backpfeife, dass mein Kopf zur Seite schlug und verließ mein Zimmer mit einer knallenden Tür. Das tat weh. Als hätte ich den Tag nicht schon genug durchgemacht, musste mich auch noch meine Mitbewohnerin schlagen. Ich kroch zu meinem Spiegel und betrachtete meine Wange. Es war ein leuchtend roter Handabdruck zu sehen. Ich schluchzte und vergrub mein Gesicht in meiner Hand.

Warum hat sie das getan? Ich hatte schon einen so furchtbaren Tag. Ich habe ihr doch nichts weggenommen, ich wollte nur... ich wollte...

Meine Gedanken waren unterbrochen. Ich wünschte, ich wäre tot. Auf Reset drücken. Laura-Marie Horn einfach von der Festplatte der Welt löschen. Nochmal von vorne anfangen. Vielleicht wäre ich ein toller Mann geworden. Ich würde einfach kleine Studentinnen unterdrücken, um meine Spielsucht zu finanzieren. Einfach einen Haufen Kohle in den Arsch gesteckt bekommen von meinen reichen Eltern. Einfach eine Firma übernehmen, mir keine Sorgen mehr machen. Einfach Arschloch sein.

Ich wunderte mich über meine Gedanken. Über jeden einzelnen Aspekt. Was wäre die Konsequenz, wenn ich es jetzt einfach beenden würde? – Clara hatte mich doch eben so gut aufgebaut. Verzweifelt schaute ich auf mein Handy. Keine Nachricht.

Ich schlich mich in die Küche und holte ein Messer aus der Schublade. Es war schön spitz. In Gedanken entschlossen, hielt ich es an meine Kehle. Nur eine Handbewegung und ich hätte meinem Leiden ein Ende bereitet. – Was hätten meine Freunde in Dresden gedacht? Wären sie zu meiner Beerdigung gekommen? Wahrscheinlich. Wer von ihnen hätte wohl eine Rede gehalten? Wer hätte geweint? Wie hätte sich Joachim gefühlt? Was hätte meine Mama gedacht? ... Meine Mama... erst verlor sie ihren Mann und dann ihre kleine

121

Tochter? Womit hätte meine Mama dieses Leid verdient? Ich ließ das Messer fallen und sank auf den Küchenboden. Zusammengekauert saß ich auf dem Boden und presste meine Augen auf meine Knie.

Während ich dalag spürte ich eine zweite Person. Vroni war in die Küche gekommen und sah mir schweigend zu. Sie sah das Messer auf dem Boden liegen und war sprachlos. Ob sie in dem Moment wusste, was mein Plan war? Wusste sie, was ich mir beinahe angetan hätte? Hätte sie Schuldgefühle gehabt? - Vermutlich wäre es ihr aber egal gewesen, solange sie ihren eigenen Kopf aus der Schlinge ziehen konnte.

Wie sich aber bald herausstellte, war ihr die Situation nicht egal. Langsam tapste sie auf Zehenspitzen in meine Richtung und kniete sich neben mich. Wortlos fasste sie auf meine Schulter. Sie wusste, dass sie auch etwas falsch gemacht hatte. Ich bin mir sicher, sie spürte auch, dass ich ein größeres Problem hatte, als ihren Handstempel auf meiner Wange.

„Sorry, Partnerin.", murmelte sie.

Ich schaute sie nicht an. Meine Augen waren weiter gegen meine Knie gepresst. Sanft streichelte sie über meine Schulter. Es fühlte sich gut an. Ich brauchte jetzt viel Zärtlichkeit, sonst wäre ich kaputt gegangen. Ich sah ja selber, was die Situation mit mir machte. Ich sah, wie instabil mein Gemüt war.

„Ich war am überlegen, ob wir auch Hardcore BDSM-Videos ins Portfolio aufnehmen sollten."

Sie war keine gute Trösterin. Es sollte wohl sowas wie ein Witz sein, den ich aber einfach nur geschmacklos fand. Vroni merkte, dass ich nicht glücklich über diesen Spruch war.

„War'n Witz. Weißte doch."

Wenn ihre Streicheleinheit auf meiner Schulter nicht so gut getan hätte, hätte ich sie vermutlich angebrüllt und weggeschubst. Schlechte Witze brauchte ich jetzt nicht. Mein Gemüt war ein fragiler Turm aus Bauklötzen, den Clara vor der Sporthalle so schön aufgebaut hatte. Doch kann kam meine Mitbewohnerin und hat ihn zerstört. Ich war schwach. Das und nichts anderes war die Lehre daraus: Ich, Laura Horn, werde mich mein Leben lang von anderen Menschen herumschubsen lassen. Ich werde nie das Selbstvertrauen von den Pornostars haben oder Vroni. Ich würde immer das Mauerblümchen sein, das von jedem nur rumgeschubst wurde. Ich konnte froh sein, wenn ich einen Mann fände, der mich nur dreimal pro Woche verprügelte und nicht jeden Tag.

„Dein Handy blinkt. Sieht aus, als hättest du eine Nachricht bekommen.", sagte Vroni.

Das Handy ragte aus meiner Hosentasche. Ich nahm es und schaute auf eine WhatsApp-Nachricht. Clara hatte mir einen langen Text geschrieben.

„Tut mir wirklich leid, Partner.", entschuldigte sich meine Mitbewohnerin. „Du weißt, wie emotional ich bin. Ich wollte dir nicht wehtun. Du bist die beste Mitbewohnerin, die ich mir wünschen könnte und ich habe dich lieb. Ich liebe dich wirklich, Laura."

Vronis Geständnis baute mich ungemein auf. Endlich hatte ich aus ihrem Mund gehört, dass ich ihr wichtig war. Was mich aber noch mehr aufbaute, war die Nachricht von Clara. Ich las die sehr lange Message zu Ende, schaute hoch und grinste Vroni ins Gesicht. Dieses Gesicht habe ich wohl noch nie gezeigt. Vroni wirkte ein wenig verschreckt.

Claras Nachricht begann mit den Worten:

Jetzt zerstören wir dieses miese Arschloch!

Kapitel 16

Am nächsten Morgen ging es mir schon ein wenig besser. Ich schnürte meine Laufschuhe und machte mich fertig für eine Runde im Englischen Garten. Von Vroni war nichts zu hören. Mein Handy ließ ich in meinem Zimmer. Ich wollte allein mit meinen Gedanken sein. Die Informationen, die mir Clara am vergangenen Abend geschrieben hatte, waren durchaus interessant. Ich versuchte, in meinen Kopf eine Reaktionskette nach der anderen durchzugehen. Wie würde ich es wohl schaffen, Matze am besten zu kriegen? In welcher Reihenfolge musste ich meine Asse ausspielen?

Ich joggte an der Uni vorbei, um über die Veterinärstraße in den Englischen Garten zu kommen. Es war derselbe Weg, den Matze und ich bei unserem Date gegangen waren. Ein wenig komisch kam ich mir dabei schon vor. Immerhin hatte diese Strecke keine guten Erinnerungen in mir geweckt. Beim Joggen sollte ich vielleicht auf den Chinesischen Turm meiden, dachte ich mir. Das waren alles Stücke eines Bildes, das ich jetzt nicht brauchte.

Als ich den Englischen Garten betrat, lief ich direkt nach links. Hier waren deutlich weniger Leute unterwegs. Der Boden war von gestern noch matschig und ich merkte, wie der Schlamm auf meine Schuhe und gegen meine Hose schleuderte. Wenigstens sahen meine Laufsachen jetzt endlich gebraucht aus. Ich war leider nicht so gut in Form wie normalerweise, aber ich konnte mehrere Kilometer durchhalten ohne auch nur eine Sekunde zu gehen. Das Laufen pustete meinen Kopf frei und strukturierte meine Gedanken.

Laut Clara musste Matze das Geld nutzen, um seine Spielschulden zu begleichen. Sein Vater durfte von diesen Schulden scheinbar nichts wissen. Warum er davon nicht wissen durfte, wusste Clara auch nicht so genau. Sie vermutete aber, dass er einem Spielsüchtigen seine Firma nicht vererben wollte. Allein diese Information hätte mir schon gereicht, um Matze in Schwierigkeiten zu bringen. Das und die Tatsache, dass er mich erpresste, waren aber vorerst nicht genug. Hätte ich das einfach unbedacht an Herrn Umfang weitergegeben, hätte er mich vermutlich für irgendeine Schlampe gehalten, die an dem Geld seines Sohnes interessiert war. Argumentativ hätte ich mich damit nur selber zur Erpresserin entwickelt. Dieser Umstand war aber eine Sache, die ich mit etwas Intelligenz in eine gute Waffe umwandeln konnte. Die zweite Information war aber noch brisanter. Kurz bevor sich Matze von Clara trennte, sollte er bei einem seiner besten Kunden Geld entwendet haben. Scheinbar hatte ihm dieser Kunde blind vertraut. Angeblich hatte Matze ihm über fünfzigtausend Euro abgeknüpft und den Betrag einfach mit gefälschten Geschäftszahlen verschwinden lassen. Diese Information war Gold wert. Um Matze damit fertigzumachen, brauchte ich noch nicht einmal echte Beweise. Ich war mir sicher, dass es ausreichte, wenn ich das Controlling bei dem Kunden einfach auf diese Unregelmäßigkeit hinwies. Zumindest klang das in meinen Gedanken sehr logisch.

Ich lief mittlerweile schon am Kleinhesseloher See vorbei. Ich wählte den Weg, der direkt am See vorbeiführte. Am See standen Bänke, auf denen sich ältere Menschen sonnten. Ich beobachtete im Vorbeilaufen, dass ein älteres Paar ein kleines Picknick auf einer Bank veranstaltete. Sie hatten einen Picknickkorb dabei und mehrere Brotboxen mit geschältem Obst. Neben dem Mann stand eine Thermoskanne, in der vermutlich Kaffee war. Ich lächelte leicht. Mein insgeheimer Wunsch war, dass ich auch eines Tages einen Menschen finden würde, mit dem ich alt werden konnte. Ich fände es toll, wenn ich eines Tages auch im Englischen Garten (oder irgendeinem anderen Stadtpark) mit meinem Mann ein gemeinsames Frühstück veranstalten konnte. Es waren die kleinen Dinge, die das Leben auch wirklich lebenswert machten. Mit diesen Gedanken kam ich mir fast schon ein Bisschen philosophisch vor. Ich zog das Tempo ein wenig an. An der linken Seite waren keine Menschen mehr, die ich beobachten konnte. Auf der letzten Bank saß aber ein junger Mann, der in etwa in meinem Alter zu sein schien. Ich wurde wieder langsamer und schaute ihn an. Er sah mich an und lächelte. Ich lächelte zurück. Dieses Mal konnte ich nicht sagen, dass mein Lächeln irgendwie verlegen war. Ich war selbstbewusst und strahlte das auch aus. Das hatte ich nach den vergangenen Tagen verdient. Im Laufen merkte ich, dass er mir hinterher sah. Wahrscheinlich guckte er auf meinen Hintern. Das war mir egal. Wer so nett lächelte, durfte das auch. Es gab aber einen Menschen, der meinen Hintern im besten Fall nicht mehr sehen durfte.

Meine Gedanken wanderten zum eigentlichen Thema zurück: Welche Reihenfolge war am schlausten? Mir war bewusst, dass beide Informationen eine geniale Waffe waren. Aber wenn ich ihm drohte, würde er vermutlich direkt mein Geheimnis preisgeben. Wenn ich aber anonym das Gespräch mit seinem Vater oder dem Kunden suchte, wusste er nicht, dass ich ihm das eingebrockt hätte. Eine gewisse Genugtuung wollte ich mir dann doch gönnen. Immerhin sollte es ihm eine Lehre sein, dass er eine junge Frau nicht so behandelt durfte. Nie wieder!

Als ich an einem Biergarten vorbeikam und ich langsam wieder Richtung Süden lief, musste ich an Clara denken. Sie hatte es eine Zeit mit ihm ausgehalten. Sie sagte mir auch, dass er sie verlassen hatte. Das bedeutete im Umkehrschluss, dass sie ihn wohl noch gerne behalten hätte. Das war ein wirklich sehr komischer Gedankengang. Die Frau, die mir extrem wichtig war, die Frau, die mich aufbaute. Diese Frau hatte vor wenigen Wochen noch eine emotionale Bindung zu dem

Typen, der mich erpresste. Die arme Clara. Ich wünschte mir von ganzem Herzen, dass es ihr immer gutging und ich sie auch schnell wieder eine Bindung zu einem Mann aufbauen konnte, der sie auch wirklich verdiente. Ich war mir sicher, dass Mathias seine gerechte Strafe bekommen würde. Sowohl wirtschaftlich, als auch emotional und ich konnte einen nicht unerheblichen Beitrag dazu leisten.

Langsam merkte ich, dass mein Laufweg wieder in Richtung Chinesischer Turm führte. Kurz nachdem ich die Straße überquerte, bog ich links ab. Ich wollte nicht wieder an der Eisdiele vorbeikommen. Auch wenn die armen Betreiber nichts dafür konnten, wollte ich in nächster Zeit einfach nicht mehr dort sein. Der Geschmack von diesem Eis würde mich vermutlich immer an diesen schrecklichen Dienstag erinnern. Der Weg führte durch ein kleines Waldstück im Park. Neben dem Turm kam ich an einer Bushaltestelle vorbei und lief über einen kleinen Parkplatz. Weiter geradeaus war ein weiterer Weg, der durch dichtere Bäume führte. Ich entschied mich, diesem Weg zu folgen. Zu meiner Linken sah ich den Eisbach. Er floss sehr schnell und ich konnte sehen, wie einzelne Blätter schnell von den Fluten davongetragen wurden. In einer Ecke sah ich, dass der Eisbach eine große Welle bildete. Neben dieser Welle standen Surfer, die nacheinander ihre Boards in das Wasser warfen. Ich wurde langsamer und entschied mich, den jungen Leuten ein wenig zuzuschauen.

Zugegeben: Kaum einer schaffte es, länger als drei Sekunden auf dem Brett stehen zu bleiben. Die Surfer, die heute dort waren, waren kein Vergleich zu den Halbprofis, die ein wenig flussaufwärts ihre Tricks zeigten. Schließlich schaffte es doch jemand, der Welle zu trotzen und auf dem Brett stehen zu bleiben. Es war ein junges Mädchen. Sie war scheinbar keine sechzehn Jahre alt. Sie trug einen roten Surfanzug und hatte ein schwarzes Board bei sich. Ihre Haare waren blond und zu einem Dutt zusammengesteckt. Irgendwie erinnerte sie mich an eine junge Version von mir selbst. Wenn ich in München aufgewachsen wäre, hätte ich vielleicht auch mit dem Surfen begonnen. Doch dann überlegte ich kurz: Volleyball war ja auch ganz okay. Das Mädchen fuhr mit dem Brett ein paarmal nach links und spritzte mit dem Board die anderen Surfer nass, die am Rand standen. Dabei grinste sie ihnen frech entgegen und bewegte sich nach rechts. Sie war bestimmt ein Mensch, dem sowas wie mir nicht passiert wäre. Im Gegenteil: Allein bei dem Versuch der Erpressung hätte sie Matze trocken ins Gesicht gesagt: „Mach doch, du Schlappschwanz."

Schlappschwanz war ohnehin ein ziemlich guter Name für Matze. Als er mit mir zusammen im Bett lag, konnte ich keine Erektion durch seine Hose spüren. Ich hatte zwar nicht in seinen Schritt gefasst, aber wenn er potent gewesen wäre, hätte ich zumindest irgendwas am Knie spüren müssen. Vielleicht lag es auch daran, dass er mich nicht anziehend genug fand. Wahrscheinlich war das aber nicht. Es musste einen anderen Grund geben, warum ich in seinem Schritt nichts spürte. Vermutlich hatte er das gleiche Problem wie alle Männer, die sich wie Könige aufführten: Einen viel zu kleinen Schwanz. Clara tat mir für einen Moment leid, dass sie sich mit sowas abgeben musste. Halt, dachte ich. Dieser Gedankengang war überheblich. Hätte ich es laut ausgesprochen, wäre ich Clara damit vermutlich ordentlich auf den Fuß getreten.

Das Mädchen hatte ihre Runde beendet und schwamm zur rechten Seite. Sie wollte offensichtlich aus dem Wasser raus. Ich sah, wie sie aus dem Wasser kroch und ihr Board hochnahm. Das Brett war mit einem Seil an ihrem Fuß befestigt, sodass es nicht wegschwimmen konnte. Sie schaute zu mir hoch und lächelte. Dieses Lächeln freute mich. Auch wenn sie jünger war, konnte ich sie gut als Vorbild gebrauchen.

Ich drehte mich um und joggte zurück in Richtung Wohnung. Am Nachmittag hatte ich meine nächste Vorlesung. Hoffentlich war diese Vorlesung mit mehr Sinn behaftet, als die Veranstaltungen zuvor. Nicht, dass ich schon alles kannte, aber ich wollte etwas lernen und keine Internetartikel vorgelesen bekommen.

Kapitel 17

Als ich die Wohnung betrat, wollte ich nichts lieber als endlich unter die Dusche zu steigen. Ich zog an der Tür meine Schuhe aus und ging mit meinen nassgeschwitzten Socken über das Parkett. Vroni hörte mich und rief mir zu:

„Partner, kommst du mal bitte?"

Ihre Stimme klang auf eine gewisse Art und Weise wütend. Sie klang aber nicht, als wäre sie wütend auf mich. Ich folgte ihrer Stimme ins Zimmer. Sie saß mit verschränkten Armen vor dem PC.

„Ich war gerade zu Recherchezwecken auf PornHub unterwegs und da habe ich folgendes gefunden."

Sie zeigte auf den Bildschirm.

„Recherchezwecke, klar.", grinste ich, als ich näher kam.

Sie piekte mir in die Rippe und ich zuckte kurz zusammen.

„Werd' nicht frech, Partner.", sagte sie. „Ich kenne deine Schwachstelle."

Auf dem Bildschirm sah ich ein Video, das scheinbar heute Morgen hochgeladen wurde. Es war ein Video aus unserer Produktion. Ausgerechnet das mit der Banane. Ich musste ein wenig schmunzeln. Offensichtlich gab es wirklich Menschen, die darauf standen, wenn eine Frau eine Banane mit einem Latexkondom überzog.

„Irgendwer hat unser Video kostenlos ins Netz gestellt. Ich werde es gleich den Betreibern melden.", schimpfte sie.

„Warte noch kurz.", wendete ich ein.

Ich griff nach der Maus und scrollte auf der Seite hinunter. Es waren tatsächlich schon Kommentare vorhanden.

„Does anyone know where this is from?"

Es wurde darüber diskutiert, woher das Video stammte. Einige Kommentare sagten aus, dass sie die Videos auch kaufen wollen würden, wenn es mehr davon gab.

„Scheinbar wollen einige Besucher unsere Videos kaufen. Sie finden sie aber nicht.", sagte ich zu Vroni.

„Ja und?", fragte sie verständnislos.

„Pass auf.", begann ich. „Wenn du dich auf der Seite anmeldest und unser Studio unter den Kommentaren verlinkst, haben wir kostenlose Werbung.

Die Leute wollen dann mehr von unseren Videos kaufen."

Sie überlegte kurz, bestätigte aber dann: „Du bist genial, Partner."

Sie musterte mich. Ich trug meine Laufsocken, meine schwarze Tights und ein blaues Top. Meine Hose war mit Matsch gesprenkelt und Schweiß drang gefühlt aus jeder Pore meines Körpers. Vroni grinste mich an.

„Apropos ‚mehr Videos'", begann sie, „hättest du Lust auf ein spontanes Shooting? Hab gehört, es gibt den ein oder anderen, der auf ungepflegte Sportler steht."

„Ich bin doch nicht..."

Weiter kam ich leider nicht. Vroni hatte mit ihren langen Fingernägeln bereits meinen nassgeschwitzten Bauch angegriffen und kitzelte mich.

„Hör bitte auf!", flehte ich. „Ich mache ja mit."

Sie sprang auf, stellte das Stativ in Position und warf mir eine Motorradmaske entgegen. Elegant fing ich sie auf und streifte sie über meinen Kopf. Meine blonden Haare ragten darunter hervor. Mir war es egal, dass unsere Zuschauer sahen, dass ich blond war. Es gab bestimmt einige Mädels hier in München, die meine Haarfarbe trugen. Es waren mehrere tausend.

Vronis Regieanweisungen waren deutlich. Ich sollte meine Füße in die Kamera halten und mit dem Finger über die einzelnen Schweißränder auf meinen Socken streichen. Dabei kitzelte ich mir ein wenig selbst unter den Füßen. Meine Füße zuckten ein wenig bei der einen und der anderen Bewegung. Es war aber nicht unangenehm. Schließlich zog ich meine Socken aus und hielt meine Füße in die Kamera. Vroni trat ins Bild und roch an ihnen. Diese Regieanweisung hatte ich nicht bekommen, aber ich spielte einfach mit. Sie drückte meine nassen Füße in ihr Gesicht und bewegte ihren Kopf auf und ab. Schließlich streckte sie ihre Zunge heraus und leckte über meine nackten Fußsohlen. Ich zog meine Füße ein wenig zurück. Ihre Zunge kitzelte mich, aber es war angenehm. Das Schlimmste an ihrer Zunge war ihr Zungenpiercing, das mit ihrer Zunge über meine Sohlen rieb. Vor allem das Piercing kitzelte extrem. Ich musste schließlich laut lachen. Aber scheinbar schien mein Lacher der Szene noch mehr Glaubwürdigkeit und Erotik zu verleihen.

Mit ihren Händen fasste sie auf meine Knie und rieb über meine Laufhose. Dabei bröckelte der getrocknete Matsch auf ihr Bett. Vroni sagte in einer belehrhaften Tonlage: „You are a dirty, dirty bitch!" Ich fand das nicht beleidigend. Es gehörte wohl einfach zu meiner künstlerischen Rolle dazu, in einem Erotikfilm die passive Rolle zu spielen. Ich bezeichnete unsere Produktionen also schon als Kunst. Das war eigenartig, wenn ich so darüber nachdachte. Aber eigentlich war dieser Gedankenansatz gar nicht so abwegig. Kunst bewegte Emotionen in den Menschen. Kunst bewegte auch geteilte Emotionen in den Menschen. Während einige Menschen unsere Videos vermutlich abstoßend ekelhaft fanden, erregten sie andere. So war es. Der Vergleich mit der Kunst war also gar nicht so abwegig.

Vroni drehte sich um, ging zur Kamera und machte sie aus. Sie trug bei dem Shoot keine Maske. Sie war in dem Video zu erkennen. Und das wollte sie so verkaufen? Oder wollte sie sich bei der Nachbearbeitung unkenntlich machen. Wobei das ziemlich unerotisch gewesen wäre. Immerhin war es für den Zuschauer doch wichtig, das Gesicht zu sehen, das meine Füße berührte. Ich erschrak vor meinen eigenen Gedanken. Ich redete mir ein, dass ich schon in der Lage war, mich in unsere Kunden hineinzuversetzen.

„Danke für deine Spontanität, Partner. – Geh jetzt aber bitte duschen. Deine Füße stinken echt!"

Kapitel 18

Während meiner Vorlesung schrieb ich meinem Chef, dass ich am Abend noch arbeiten gehen konnte. Ich musste es schaffen, meine Stunden vollzukriegen. Vor allem nach den finanziellen Fehlgriffen, die ich mir leitete. Ich hatte auch keine Angst, dass ich Mathias wieder sehen musste. Wenn er in seinem erbärmlichen Leben nichts auf die Reihe bekam und den ganzen Tag in einem Restaurant sitzen musste, konnte er das gerne tun. Es war mit völlig egal.

Herr Jäger freute sich über meine Spontaneität und antwortete mir schnell zurück, dass ich gerne kommen konnte und er sich über die Erleichterung bei der Arbeit freue. Das war für mich eine gute Bestätigung.

Bei genauem Nachdenken war ich von mir selbst überrascht. Erst gestern hatte ich den fatalen Fehler begangen, einem reichen Schnösel Geld zu schenken, damit er seine Klappe hielt. Jetzt stand ich darüber und ging wieder zur Arbeit. Ich drehte am Vormittag sogar ein neues Video. Mein Charakter war stärker, als ich erwartete.

Direkt nach der Uni machte ich mich auf den Weg zum Restaurant am Gärtnerplatz. Ich betrat den Laden und sah mich um. Matze saß nicht in seiner Stammecke. Ich war erleichtert. Das war der erste Arbeitstag, bei dem ich ihn nicht sehen musste. Selbstbewusst schloss ich den obersten Knopf an meiner weißen Arbeitsbluse. Herr Jäger kam mir entgegen.

„Laura. Es ist so schön, dass du wieder da bist."

Mir war nicht bewusst, wann wir vom Sie auf du gesprungen waren. Aber das war mir egal. Das hätte mir eigentlich schon bei seiner vorletzten WhattsApp Nachricht auffallen müssen. Ich freute mich, auch wieder im Restaurant zu sein. Irgendwie fühlte es sich gut an, hier zu arbeiten. Ich lebte das einfache Leben einer Studentin, die in einem Restaurant kellnerte. Das war nichts Ungewöhnliches. Das machten viele Studentinnen. Die Arbeit war so weit weg von Spandex-Anzügen, Nylonstrümpfen und Fuß-Schnüffelei, dass ich fast meine andere Einkommensquelle vergas. Ich sah an mir runter und musste feststellen, dass diese Arbeit wohl auch nicht so weit von Nylonstrümpfen weg war. Aber egal, dieses Outfit hatte einen anderen Zusammenhang.

Je später es wurde, desto mehr füllte sich das Restaurant. Ich betete dafür, dass ich diesen Abend Mathias nicht sehen müsste. Doch meine Gebete wurden nicht erhört. Die Tür ging auf und Matze trat mit einem anderen jungen Mann hinein. Er sah mich an und flüsterte dem anderen etwas zu. Dieser lachte. Hatte er ihm etwa erzählt, dass ich in Erotikfilmchen mitspielte oder hatte er gar von dem gemeinsamen Abend erzählt? Ein wenig verunsichert war ich schon. Matze und sein Kumpel setzten sich an den bekannten Platz. Kein anderer Gast hatte sich dort hingesetzt. Es kam mir vor, als wenn er diesen Platz gepachtet hatte. Nur für sich. Es stand noch nicht einmal ein Reservierungsschild auf dem Tisch. Die anderen Gäste mieden den Platz wohl aus Reflex. Matze winkte mich heran. Beim Näherkommen merkte ich, wie er mit dem anderen Mann über mich sprach. Beide Blicke musterten mich bei jedem Schritt. Es war mir sehr unangenehm. Ich versuchte aber, mir mein Unwohlsein nicht anzumerken.

„Das ist Laura.", sagte er zu seiner Begleitung. „Das ist die junge Dame, von der ich dir schon so viel erzählt habe."

Der andere begann zu pfeifen. Dieses Geräusch war echt furchtbar. Ich spürte, dass mich beide nur als Objekt betrachteten. Aber irgendwie stand ich da heute drüber. Ich wusste, dass ich zwei wertvolle Waffen hatte, dich ich nutzen konnte, sobald ich es nötig hatte.

„Liebes. Wir hätten gerne zwei Helle und zwei Knödel."

„Nenn mich nicht ‚Liebes'.", entgegnete ich.

„Ich kann dich nennen, wie ich will. Dieser Laden gehört quasi mir und ich habe mehr Macht über dich und deinen Job, als du denkst.", sagte Matze in einem so arroganten Ton, dass ich ihm am liebsten eine reingehauen hätte.

Sollte mich diese Aussage beeindrucken oder einschüchtern? Er hatte keine Ahnung, was ich gegen ihn in der Hand hatte. Wahrscheinlich war das so eine Art Psychospiel. Er bildete sich ein, dass ich vor ihm mehr einknickte, wenn er diese Bemerkungen machte. Wie falsch er doch lag. Ich nickte ihm freundlich zu und schrieb die Bestellung auf meinen Block. Dann lehnte ich mich zu seinem Kumpel rüber und flüsterte in sein Ohr:

„Dein Kumpel hat 'nen ganz kleinen Pillermann."

Der Mann brach in Gelächter aus und Matze wusste nicht, was ich ihm gesagt hatte. Ein halbes Grinsen durchfuhr mein Gesicht und ich drehte mich um. ‚Keine Sorge', dachte ich, ‚ich werde bestimmt nicht unbewaffnet in den Krieg ziehen'. Aus der Entfernung sah ich, dass der Mann es im erzählt hatte. Natürlich war Matze darüber alles andere als erfreut. Er warf mir einen wütenden Blick zu.

Als ich den beiden die Getränke an den Tisch brachte, versuchte Matze meine Hand zu greifen. Scheinbar wollte er mich aufhalten und mich zu Rede stellen. Zum Glück war ich schnell genug und konnte sie rechtzeitig wegziehen. Ich fühlte mich ihm gegenüber ein wenig überlegen. Woher diese plötzliche Überheblichkeit meinerseits kam, konnte ich nicht genau sagen. Während ich bei einem anderen Tisch die Rechnung brachte, stand Matze auf und ging in meine Richtung. Er sah wütend aus, sprach mich aber nicht an. Stattdessen ging er in Richtung Toilette, blieb aber auf halbem Weg stehen.

Ich ließ meinen Blick durch den Raum schweifen. Zu tun hatte ich tatsächlich gerade nichts. Mir fiel auf, dass ich Herrn Jäger schon länger nicht mehr gesehen hatte. Wahrscheinlich war er zu diesem Zeitpunkt in der Küche beschäftigt. Zu den Mitarbeitern in der Küche hatte ich den ganzen Tag keinen Kontakt. Sie waren einfach hinter einem Holzbrett versteckt. Hin und wieder konnte ich ihre Arme sehen und ihre Stimmen hören. Herr Jägers Stimme war heute nicht darunter, aber ehrlich gesagt hatte ich da auch nicht so stark drauf geachtet.

Matze stand immer noch mitten im Restaurant. Ich wollte ihm erst keine Beachtung schenken, doch dann ging er wütend auf mich zu. Er griff nach meiner Hand, um mich zur Rede zu stellen. Ich zog weg. Warum er dauernd nach meiner Hand langen musste, war mir nicht klar. Ob es für ihn eine Art Machtdemonstration darstellte oder ob er einfach immer noch körperliche Nähe zu mir suchte, wusste ich nicht. Die Tatsache, dass er von mir nichts mehr zu erwarten hatte, war hingegen sehr klar für mich.

„Du bewegst dich auf ganz dünnem Eis.", sprach er im leisen Ton zu mir. „Wenn du mir nicht gehorchst, werde ich dein Geheimnis öffentlich machen."

Meine Antwort kam schnell und für ihn hoffentlich auch schmerzvoll.

„Fick dich! – Mich wirst du's jedenfalls nicht."

Ich schenkte ihm keine Beachtung mehr und ging meiner Arbeit nach. Irgendwann musste ich doch an ihren Platz zurückgehen und das Geschirr abräumen. Standardsprüche wie „hat's geschmeckt" verkniff ich mir natürlich. Seine Begleitung meldete sich.

„Wir würden gern zahlen."

Ich nickte dem Mann zu und ging in Richtung Kasse. Matze traute sich zum Glück nicht, mir in die Augen zu sehen. Das war auch besser so. Als ich die Rechnung ausgedruckt hatte, sah ich Clara ins Restaurant gehen. Ich drehte mich zu ihr hin und mich überkam ein großes Grinsen. Ich streckte meine Arme aus und knuddelte sie. Sie sagte mir, sie wolle kurz Herrn Jäger besuchen. Leider konnte ich ihr aber nicht weiterhelfen. Ihr Blick ging kurz in die Ecke, in der Matze mit seinem Kumpel saß. Claras Augen rollten verachtend. Auch Matze freute sich nicht, sie zu sehen. Er bemerkte aber, dass wir uns kennen mussten. Das schien ihm gar nicht zu gefallen, was ich bis hier spürte. Schließlich ging sie eigenständig in die Küche und ich ließ sie ziehen. Sie hatte ja hier gearbeitet, warum sollte sie nicht in den Hinterraum gehen dürfen?

Mit einem falschen Lächeln ging ich zum Tisch. Sein Kumpel legte mir einhundert Euro auf den Tisch und bestätigte lächelnd: „Stimmt so." Er hatte mir fast fünfzig Euro Trinkgeld gegeben. Ich bedankte mich bei ihm und steckte das Geld in meine Bauchtasche. Ich sah Matze an und wusste genau, dass ihm die Frage auf der Zunge lag, woher ich denn Clara kennen würde. Freundlich wünschte ich den beiden einen schönen Abend. Ich sah ihnen hinterher, wie sie das Restaurant verließen. Matzes Kumpel war eindeutig erheitert. Das wird nicht an dem einen Bier gelegen haben. Wahrscheinlich lachte er immer noch über meinen Kommentar über das Glied seines Kumpels. Ich freute mich über meine Schlagfertigkeit und grinste ein wenig.

Plötzlich stand Clara hinter mir.

„Du arme.", sagte sie. „Jetzt musst du auch noch diesen Idioten bedienen. – Lass morgen mal treffen."

Ich lächelte und antwortete: „Klar, gerne! – Was hast du hier eigentlich gemacht?"

Clara hielt mir einen Brief vor die Nase.

„Das ist der Ausdruck meiner letzten Gehaltsabrechnung. Immer schön alles beisammen halten für das Finanzamt."

Sie strich sich durch die Haare. Sie sah wirklich bezaubernd aus. Sie trug ein weißes Top mit einem schwarzen Blazer darüber. Ich konnte nicht verstehen, wie man eine so großartige und hübsche Frau verlassen konnte. Matze war ein Vollidiot auf allen Ebenen. Clara hatte es einfach verdient, einen tollen Mann zu haben und ein glückliches Leben zu führen. Sie hatte es sogar mehr verdient, als ich.

Sie gab mir eine herzliche Umarmung und ging in Richtung Ausgang. Hoffentlich warteten diese beiden Idioten draußen nicht auf sie. Auch wenn mir der eine ein großes Trinkgeld gab, kaufen ließ ich mich nicht. Ich hatte meinen Stolz neu definiert und eine erkaufte Sympathie gehörte nicht zu meinem neuen Selbstbild.

Kapitel 19

Wie gestern im Restaurant besprochen, traf ich Clara am nächsten Tag nach der Vorlesung. Zum Glück waren unsere Vorlesungen ähnlich gelegt, dass wir zu den gleichen Zeiten freihaben konnten. Wir entschieden uns, mit der U3 in Richtung Olympia-Einkaufszentrum zu fahren. Warum auch nicht? Mir war nach Shopping. Wir setzten uns nebeneinander in die U-Bahn und sprachen zuerst über eher belanglose Themen. Wie das Studium lief und was mich in den kommenden Semestern erwarten würde. Wir lachten über das eine und das andere herzhaft, sodass sich einige Menschen schon zu uns umdrehten. Ein Mann starrte uns wütend an. Clara grinste und hielt sich sarkastisch ihren Zeigefinger vor den Mund. Der Mann drehte sich weg und wir begannen erneut lauthals zu lachen. Sie war eine großartige Freundin, wie ich sie bisher noch nicht kannte. Ich wollte nicht gemein zu meinen Mädels in Dresden sein, aber ich spürte zu Clara eine Verbindung, die noch nicht einmal mit meinen Freundinnen aus der Heimat vergleichbar war. Wir verstanden uns blind und dabei kannten wir uns erst wenige Wochen. Ja, eigentlich sogar nur wenige Tage. Ihre langen braunen Haare wehten durch die Zugluft in der Bahn hin und her. Ich sah sie an und merkte, dass sie einen schönen Lidschatten trug.

„Was hast du da für einen Liedschatten?", fragte ich sie schließlich.

„Einen braunen.", antwortete sie und lachte.

Die Information hatte mir zwar keinen Mehrwert gebracht, dennoch fing ich ebenfalls mit lachen an. Ihr Lachen war irgendwie ansteckend. Ich spürte den plötzlichen Drang, sie zu umarmen. Ironischerweise frage ich sie sogar nach einer Umarmung.

Clara schlang die Arme um mich und sagte: „Ich haue dich, wenn du noch einmal fragst. Nimm, was dir gehört."

Das fühlte sich gut an. Ich hatte das Bedürfnis, sie immer nur zu knuddeln. Sie war unglaublich. Küssen wollte ich sie aber nicht. Schon bald mussten wir unsere innige Umarmung lösen, weil wir am OEZ ankamen. Wir verließen die U-Bahn und gingen direkt ins Einkaufzentrum. Ich war von dem Anblick überwältigt. Nicht, dass ich noch nie ein Einkaufzentrum gesehen hatte, denn in Dresden gab es auch sehr viele. Es war eher die Art und Weise des Aufbaus. Das Olympia Einkaufszentrum war nicht wie eine riesige Messehalle aufgebaut, in der man mit einem Blick alle Läden sehen konnte, sondern eher wie ein gut durchdachtes Labyrinth. Leute, die häufiger dort Unterwegs waren, würden wohl denken, dass ich nicht mehr ganz beisammen sei. Aber das waren meine Empfindungen in diesem Moment.

„Ich habe Hunger.", meinte Clara und steuerte einen Asia-Imbiss an.

Als wir uns beide mit Nudeln-To-Go versorgt hatten, setzten wir uns auf eine Bank und beobachteten die Leute, die an uns vorbeiströmten.

„Siehst du den da?", meinte sie und zeigte nach vorne.

„Den Typen mit der komischen kurzen Hose?", fragte ich.

„Pssst!", lachte Clara. „Das hört der doch. – Der sieht doch aus, wie dieser fette Typ aus ‚Borat'."

Ich musterte den Mann noch einmal genauer. Er schien tatsächlich zu merken, dass wir über ihn sprachen und warf uns einen verwerflichen Blick zu. Plötzlich begann ich auch zu lachen. Nicht, weil ich wirklich einen dicken Produktionsleiter in ihm sah, sondern weil ich merkte, dass das Lachen eine gewisse Macht auf andere Menschen ausübte. Wer lachte, zeigte damit Stärke und Glück. Ich hatte schon länger nicht mehr so herzlich gelacht. Außer vielleicht während unseren Videodrehs, aber das zählte nicht.

Clara griff mit ihren Stäbchen in meine Nudelbox und steckte sich die Nudeln in den Mund. Mit vollen Backen grinste sie mich an. Am liebsten hätte ich ihr auf die Backen gedrückt, damit sie die Nudeln wieder ausspuckte. Ohne ein Wort zu sagen, langte ich auch mit meinen Essstäbchen in ihre Packung. Leider war ich mit den Stäbchen nicht so geschickt und meine Schübe Nudeln landete zwischen uns auf der Bank.

„Du Trottel.", lachte sie und legte ihren Arm um mich.

Während sie mich zu sich heranzog, drückte sie mein Gesäß auf die Nudeln.

„Hey. Pass doch auf.", meckerte ich mit einem Augenzwinkern.

Ich saß schon halb auf den Nudeln und merkte, wie sie meine Hose berührten.

„Hast dir einjesaut, du Ferkel?"

Ihr Humor war klasse: Trocken und kindisch, so wie es sich für Frauenhumor gehörte. Ich fasste mit meiner rechten Hand zu den Nudeln und nahm sie auf. Sarkastisch schleuderte ich ein paar in Claras Richtung. Einige blieben auf ihrem weißen T-Shirt hängen, während andere auf dem Boden landeten. Clara nahm eine Nudel von ihrem Shirt und schnippte sie in mein Gesicht, wo sie auch kleben blieb. Ich fing an zu lachen und kramte in meiner Hosentasche. Ich nahm mein Handy heraus und suchte die Kamera-App. Gemeinsam machen wir ein Selfie. Sie mit einer verbleibenden Nudel auf dem Shirt und ich mit einer auf meiner rechten Wange. Es war ein typisches Bild, das Frauen machen, wenn sie an einem Freitagnachmittag nichts zu tun hatten.

Clara sprang auf und steuerte das nächste Geschäft an. Dabei warf sie ihre Box in den nächsten Mülleimer. Ich hatte noch nicht fertig gegessen und blieb einen Moment auf der Bank sitzen.

„Brauchst du eine Sondereinladung?", lächelte sie.

Zwischen ihren Zähnen blitzen die Reste von einigen Gewürzen auf. Ich lachte sie liebevoll aus. Clara wusste genau, worüber ich mich amüsierte. Sie hielt eine Hand über ihren Mund und fuhr mit der Zunge über ihre Schneidezähne. Schließlich nahm sie ihre Hand weg und grinste mich wieder an. Die Zähne waren sauberer. Ich nickte und schenkte ihr ebenfalls ein Grinsen. Clara musste lachen. Scheinbar sahen meine Zähne ebenso schlimm aus. Natürlich sahen sie das. Immerhin war ich auch noch beim Essen.

„Jetzt iss mal ein Bisschen schneller, Lauri."

Sie nannte mich Lauri. Ein schöner Spitzname. Wie eine Verniedlichung von meinem echten Namen und dabei viel Persönlicher als „Partner". Ich lächelte sie an. Schließlich war ich auch fertig und warf die leere Box in den Mülleimer neben der Bank. Clara wollte unbedingt in ein Geschäft, das Sommerkleider anbot. Natürlich folgte ich dicht hinter ihr und sah die vielen tollen Angebote. Für einen Moment überlegte ich, ob ich in einen Kaufrausch verfallen würde. Während ich noch darüber nachdachte, was ich mir näher ansehen sollte, stand Clara plötzlich mit einem blauen Kleid vor mir. Das Kleid war königsblau und war in einem anderen Blauton gepunktet. Es sah wirklich schön aus. Aber eigentlich hätte jedes Kleid an Clara toll ausgesehen. Mit ihrer tollen Figur und ihrer Schönheit, die ihr Gesicht ausstrahlte, hätte sie auch einen Müllsack tragen können. Ich machte den Fehler und sagte ihr das auch genau so. Sie lächelte mich an und knuffte mir auf die Schulter.

„Jetzt sammeln wir mal ein paar Müllsäcke.", lachte sie.

Sie strahlte eine unglaubliche Energie und Lebensfreude aus, sodass ich mich einfach mitreißen ließ. Warum auch nicht? Es hatte nur einen positiven Einfluss auf mich. Sie tänzelte durch die Abteilungen und sah sich ein Kleid nach dem anderen an. Ihre braunen Haare flogen dabei in alle Richtungen. In slow motion hätte dieser Anblick wohl auch seinen Reiz gehabt.

Als wir mit einem Kleiderberg vor der Umkleidekabine standen, begann Clara:

„Wie wollen wir es am besten machen? Also das mit Matze?"

Ich zuckte die Schultern.

„Hab gehofft, dass du eine Idee hast.", sagte ich.

Sie lachte.

„Ja, die habe ich allerdings. Aber erst einmal musst du wissen, dass du Matze nicht einfach so auffliegen lassen darfst. Denn wenn seine Geheimnisse aufgedeckt werden, hat er nichts mehr zu verlieren. Die Firma seines Vaters ist sein Leben. Wenn er die nicht mehr hat, ist er unberechenbar."

Ich verstand sofort, worauf sie hinauswollte und ergänzte: „Das bedeutet, ich soll meine Waffen erst ziehen, wenn ich keine andere Wahl mehr habe?"

„Genau.", bestätigte sie. „Immerhin kannst du mit deinem Wissen sein Leben zerstören und wer weiß, was er mit dir macht."

„Oder mit dir.", ergänzte ich mit zittriger Stimme.

Clara räusperte sich. An dieses Szenario hatte sie scheinbar noch gar nicht gedacht. Dieser Umstand war aber gar nicht so unwahrscheinlich. Matze wusste, dass wir befreundet waren und es war logisch, dass die Informationen von Clara stammten, wenn ich sie gegen ihn verwendete. Sie war also auch mit mir in der Situation gefangen. Genau darum mussten wir viel Fingerspitzengefühl an den Tag legen. Mir wurde auch schlagartig bewusst, dass auch ein Teil von Claras Schicksal von mir abhängig war. Ich wollte sie auf keinen Fall in Gefahr bringen. Wer wusste schon, was der Reiche Matze für Schlägertrupps finanzieren konnte?

Clara sah sich zwei Kleider genauer an und frage mich, welches besser aussah. Ich deutete auf das orangene. Orange war meine Lieblingsfarbe, was man daran merkte, dass die meisten Tops, Kleider und Laufshirts von mir orange waren. Clara willigte ein. Das wolle sie haben. Sie nahm das Kleid und brachte es zur Kasse. Ich blieb ein paar Schritte zurück und sah ihr beim Bezahlen zu. Gemeinsam verließen wir das Geschäft.

„Wir machen einen Notfallplan.", sagte sie. „Wenn er dich das nächste Mal wegen Geld anschreibt, antwortest du nur, dass es nichts gibt."

So weit, so verständlich.

„Ich muss dir sogar noch was sagen.", begann ich. „Ich glaube, er hat sein Druckmittel ohnehin verloren."

Clara blieb stehen. Ich war mir sicher, sie wusste, was jetzt kam.

„Mir ist es mittlerweile egal, ob die Welt weiß, dass ich in diesen Filmen modele und mir damit Geld dazuverdiene. Erst letztens haben wir ein Video gedreht, in dem Vronis Gesicht zu sehen war und mir war es egal. Ich stehe darüber. Das bin ich. Ich habe halt nicht nur einen Kellner Job, sondern hole mir auch Geld aus dem Internet. Andere Frauen verdienen Geld damit, wie sie Instagram Bilder posten, YouTube Videos drehen oder Fetischromane im Selfpublishing vertreiben. Meine Nebentätigkeit macht mich nicht zu einem schlechteren Menschen. Wenn mich jemand anders für schlechter hält, ist er so oder so nicht meine Aufmerksamkeit wert."

Ich atmete durch. Das war einer der längsten Monologe, die ich jemals jemandem gehalten habe. Clara sah mich erstaunt an. Sie war begeistert, dass ich nach so kurzer Zeit einhundert Prozent für mich einstand. Sie nahm mich in die Arme und drückte mich fest gegen ihre Brust. Dabei vielen ihre Einkaufstaschen auf den Boden. Das war ihr aber in dem Moment nicht wichtig. Sie wollte mich nur knuddeln und es fühlte sich fantastisch an. Ich hatte meine Bestätigung. Endlich hatte ich eine Freundin gefunden, die für mich da war. Natürlich erwähnte ich nebenbei, dass auch sie einen nicht unerheblichen Einfluss auf mein neu gewonnenes Selbstvertrauen ausübte.

„Lauri", begann sie, „du bist die tollste und mutigste Frau der Welt. Du stehst für dich selbst ein und darum bist du so stark. Mit deinem Selbstvertrauen kannst du eh nichts falsch machen."

Das war eine tolle Bestätigung für mich. Wir redeten weiter und beschlossen, einen Plan auszuarbeiten, wie wir Matze am besten vom Thron stoßen konnten, wenn er mich vor der Welt bloßstellen wollte. Clara wusste genau, wie wir am besten Kontakt zu seinem Vater aufnehmen konnten. Sie wusste, dass Matzes Vater theoretisch Zugriff auf alle Konten von ihm hatte. Er schaute aber nicht regelmäßig darauf. Immerhin war es ja das Geld seines Sohnes und der arbeitete auch. Man müsse ihn nur mit der Behauptung konfrontieren, bis er misstrauisch wurde. Genauso war es auch mit dem Kunden, den Matze beschissen hatte. Eine kurze anonyme Mail mit dem Inhalt „Prüfen Sie bitte Ihre Bücher", hätte ausgereicht, um Matze auffliegen zu lassen. Eigentlich war unser Einfluss auf die Situation sogar passiv. Mathias Kartenhaus war auf einem nicht ebenen Fundament gebaut, was ihm wohl nicht klar zu sein schien. Es wunderte mich aber nicht. Er war das lebende Klischee eines Münchener Lackaffens. Er hatte zu viele Fehler, kam sich aber in seiner erhöhten Arroganz perfekt und unerreichbar vor. Wenn jetzt aber eine kleine Fetischpornodarstellerin eine Karte aus der Basis nahm, würde das gesamte Haus zusammenbrechen. Er wäre genauso auf dem Boden wie viele andere auch. Er wäre da, wo er hingehörte. Ich schätzte sowieso keine Menschen, die ihren Erfolg nicht selber verantwortet hatten. Man musste nur Glück haben und in die richtige Familie geboren werden. Wenn aber eine Inflation käme oder das Haus der Eltern zusammenstürzte, waren Menschen wie Mathias die letzten, die sich selbst retten konnten. Sie wussten, wie es sich anfühlte im Reichtum zu schwelgen. Das brauchte man aber nicht lernen, denn das kann jeder. Was nicht jeder konnte, war von vorne alles neu aufzubauen. Darum fand ich Selfmade-Millionäre sehr viel attraktiver. Sie verstanden, dass Geld nicht auf Bäumen wuchs, wussten aber wie sie es vermehren konnten.

Ich dachte diese Gedanken und fühlte mich mächtig. Ich bekam nie etwas geschenkt. Das wollte ich auch gar nicht. Meine Mutter hatte es mit meinem Bruder und mir schwer genug. Da hätte ich von ihr nicht auch noch Geld erwarten können. Ich war ihr eher dankbar dafür, dass sie Joachim und mich stets lehrte, sparsam mit dem Geld umzugehen. Dieses Wissen und das Leben in der Bescheidenheit machten mich stärker. Das hieß aber nicht, dass ich mich mit kleinen Dingen zufrieden geben musste. Selbstverständlich strebte ich nach mehr. Viel mehr. Ich freute mich auf die Zeit nach dem Studium. Und wer weiß: Vielleicht blieb ich auch bei der Videoproduktion. Bei den Umsätzen, die wir zu dem Zeitpunkt hatten, war es gar nicht so unwahrscheinlich, dass wir eines Tages komplett davon leben konnten. Da war das Studium völlig egal.

Kapitel 20

Seit Mittwochabend wusste Vroni natürlich auch von meinem Gemütszustand und der allgemeinen Situation. Clara und Vroni waren die einzigen, die die ganze Wahrheit kannten. Bei den Telefonaten mit Joachim und meiner Mutter erzählte ich stets, dass alles in Ordnung war.

Am Samstag kam Vroni in mein Zimmer. Sie klopfte und ich bat sie herein.

„Sach ma'. Hattest du nicht gemeint, der Typ hätte unseren schönen Morphsuit mitgenommen?"

Ich nickte.

„Haste dir mal Gedanken gemacht, was der Typ damit will?"

Ich zuckte die Schultern. Wahrscheinlich würde er ihn aber zumindest für einen Moment selber anziehen, um sich sexuell zu erregen. Das war gar nicht unwahrscheinlich, weil er ziemlich direkt zugab, dass er sich zu unseren Produktionen erleichterte.

„Wahrscheinlich irgendwas Schmuddeliges.", antwortete ich.

Vroni zog ihre linke Augenbraue hoch. Vermutlich war mein Kommentar etwas komisch, denn wenn in dieser Situation jemand etwas „Schmuddeliges" machte, dann waren das wohl wir.

„Das ist interessant.", begann sie. „Es ist jetzt wohl auch kein Geheimnis, dass er sich zu dir einen wedelt. Das heißt wohl, dass du ein weiteres Druckmittel hast."

Von der Seite hatte ich das noch gar nicht betrachtet. Ich schaute aus dem Fenster und sah, dass es regnete. Was für ein furchtbares Wetter. Eigentlich wäre das jetzt die perfekte Gelegenheit, um ein weiteres Video zu drehen. Warum dachte ich das? Zwei Mädels, die alleine in einer WG waren und schon ein kleines Business gestartet hatten, hatten viel Zeit, dieses Geschäft weiterzubringen.

Es klingelte. Vroni ging zur Tür und nahm ein Paket entgegen. Ich stand an meiner Zimmertür und beobachtete sie, wie sie einen großen Karton in ihr Zimmer schleppte. Neugierig folgte ich ihr.

„Was ist das?"

„Das sind neue Arbeitsmaterialien.", antwortete sie und öffnete den Karton.

Ich war beeindruckt und auch ein wenig verängstigt. Das Paket quoll nur so über von eigenartigen Dingen. Einige hatte ich noch nie zuvor gesehen. Vroni griff mit der

Hand in den Karton und zog einen Gegenstand nach dem Anderen heraus. Das erste war eine massive Kugel, die an einem Lederriemen befestigt war. Ich hatte keine Ahnung, was man damit machte. Wahrscheinlich war ich mit meinen zwanzig Jahren noch zu unerfahren, um das zu kennen. Vroni hingegen hatte schonmal einen Freund gehabt, der dieses Spielzeug liebte. Sie erklärte mir, dass man sich diese Kugel in den Mund stecke und man den Lederriemen hinter dem Kopf zusammenführte. Sie warf mir das Gebilde zu und ich hielt es hoch. Hätte sie mir das nicht gesagt, hätte ich es mir womöglich vorne reingeschoben. Das nächste Produkt war aus Latex. Es glänze in dem schummerigen Licht. Es handelte sich um einen Anzug, der dem Zentaisuit, den Mathias geklaut hatte, ähnelte. Nur das Material schien weniger dehnbar zu sein. Ich biss mir auf die Unterlippe und grinste ein wenig. Es reizte mich schon, diesen Anzug einmal anzuprobieren. Der Zentai hatte mir schließlich auch gefallen, wie würde sich wohl ein Anzug aus anderem Material anfühlen? Vroni warf mit den Latexanzug ebenfalls entgegen. Er war komplett schwarz und glänzte in dem Licht. Mit ausgestreckten Armen betrachtete ich ihn. Meine Daumen fuhren auf und ab. Es fühlte sich ein wenig so an, als würde ich auf einer sehr dicken Plastiktüte herumreiben. Das Material quietsche, als sich die beiden inneren Enden des Anzugs durch meine Hände berührten. Dieses Geräusch klang in meinen Augen hochinteressant. Während ich den Anzug weiter betrachtete, warf Vroni zwei Lederriemen auf ihr Bett.

Sie sahen aus wie dicke Gürtel mit einer plüschigen Seite. Veronika erklärte mir, dass es Fesseln waren, die auch mit unseren Handschellen kompatibel waren. Damit konnten wir neue Fesselvideos drehen in ganz neuen Positionen. Sie schwärmte ein wenig von den Möglichkeiten. Die neuen Lederriemen fand ich aber nicht ganz so spannend wie meine Mitbewohnerin. Theoretisch hätten wir auch Seile nehmen können. Da mussten wir doch nicht so viel Geld für diese Riemen ausgeben. Diese Bedenken äußerte ich aber nicht laut. Vroni griff erneut in das Paket und holte eine Peitsche heraus. Meine Augen wurden groß. Wenn sie mich in den neuen Videos verprügeln wollte, spielte ich aber nicht mit. Ich brach ja schon nach einer einfachen Ohrfeige in Tränen aus, es wäre gar nicht auszudenken gewesen, wenn sie mich auch noch auspeitschen würde. Vroni lachte über meinen Blick.

„Keine Angst, Partner. Das ist für was anderes."

Zugegeben: Die Peitsche sah auch nicht so aus, als wenn sie großartig Schmerzen erzeugen würde. Sie hatte einen langen Griff, an dem direkt Lederfransen befestigt waren. Man konnte mit ihr wohl eine Züchtigung durchführen, die nicht ganz so schlimm wehtun würde. Zumindest war das meine Logik, ob das wirklich so stimmte, konnte ich leider nicht sagen. Warum wir dieses Ding aber unbedingt brauchten, war mir schleierhaft. Ein paar weitere Fesseln legte sie kommentarlos auf das Bett. Ich schenkte den neuen Spielzeugen auch nicht so viel

Aufmerksamkeit, denn ich wusste in etwa, was in den nächsten Shootings auf mich zukam. Stattdessen wanderte mein Blick erneut zu Vronis Hand. Das Paket war fast leer und die Gegenstände sammelten sich langsam aber sicher auf ihrem Bett. Sie zog drei neue Morphsuits heraus. Einer war rot, einer war blau und der andere war grün. Interessant, dass es die bei einem Fetischversand gab. Diese Anzüge waren eigentlich nicht für sowas gedacht, wenn ich mich richtig erinnerte.

„Wann legen wir los?", grinste ich sarkastisch.

Vroni legte die Anzüge auf ihr Bett und ging auf mich zu. In weiser Voraussicht machte ich einen Schritt zurück. Statt mich wieder anzugreifen, streckte sie ihre Arme aus und viel mir um den Hals. Sie drückte mich fest an sich. Auch ihre Hände blieben auf meinen Schulterblättern liegen.

„Du bist die Beste, Partner!", flüsterte sie mir ins Ohr.

Nach der innigen Umarmung stellte sie ihre Kamera auf.

„Was willst du als erstes ausprobieren?", fragte sie.

Ich deutete auf den Latexanzug. Wenn wir schon weiterproduzieren wollten, dann konnten wir auch mit dem anfangen, was mich am meisten reizte. So verlor ich die Lust an dem Quatsch nicht. War es wirklich Quatsch, was wir hier taten? Nein, das war es nicht. Wie ich festgestellt hatte, machten wir unsere Kunst. Vroni warf mir den Anzug zu und ich verschwand mit ihm in mein Zimmer.

Voller Vorfreude öffnete ich den Reißverschluss und steckte meine Füße durch die Löcher. Es war vom Gefühl des Anziehens mit dem Morphsuit identisch, aber das Material war komplette anders. Es war nicht so, dass es mich in meiner Bewegungsfreiheit einschränkte, aber es fühlte sich nicht so seidig wie der Zentai an. Ich zog den Anzug an meinem Bein hoch und betrachtete es, wie es von dem Anzug zusammengedrückt wurde. Es hatte eine wirklich schöne Form. Durch den Anzug konnte ich auch meine Muskeln sehen, die sich durchdrückten. Ich fuhr mit der Hand über mein Knie. Langsam begann ich zu begreifen, was Fetischisten daran fanden. Es war eine Verlängerung und eine Verschönerung des Körpers. Eventuelle Unregelmäßigkeiten, hässliche Muttermale und Haare wurden von einer perfekten Außenhaut überdeckt. Latex machte den Körper schöner und es betonte die Proportionen. Selbst Frauen, die ein wenig pummeliger waren, hätten sich in diesem Outfit wohlgefühlt. Ich griff mit den Händen durch die Ärmel des Anzuges und zog ihn fest. Mit meiner linken Hand konnte ich den Reißverschluss auf meinem Rücken greifen. Ich zog den Verschluss hoch und ging in Richtung Spiegel. Ohne die dazugehörige Maske sah ich wie eine Spezialagentin aus. Das wäre doch auch ein toller Titel für einen neuen Fetischfilm: „Spezialagentin Laura Horn". Krass, ich dachte sogar schon daran, meinen Namen in den Titel zu schreiben. Mit meinen Händen fuhr ich über meine Hüften. Das Material quietschte ein wenig und ich stieß auf den ein oder anderen klebrigen Widerstand. Ich spürte, dass meine Haut sehr sensibel auf Berührungen reagierte. Hoffentlich kam Vroni nicht wieder auf die Idee, mich gezwungen zum Lachen zu bringen. Dieser Anzug war keine wirkliche Hilfe. Ich sah auf meine Brüste. Sie waren zusammengequetscht, hatten aber noch genügend Freiraum, dass man sie deutlich sah. Ich drehte mich um und sah auf meinen Hintern. Meine Rückseite sah auch sehr interessant aus. Mein Gesäß stieß deutlich hervor. Es war aber nicht unattraktiv. Im Gegenteil: Der Latexanzug machte mich sogar ein wenig attraktiver. Mit der rechten Hand griff ich in meinen Nacken und zog die angebrachte Maske hoch. Ich steckte den Kopf hindurch und schloss sie. Die Maske machte das Ganze irgendwie unattraktiv. Ich sah aus wie ein Sklave in einem SM-Studio. Wahrscheinlich war das auch die Absicht hinter der Maske, aber erotisch war das nicht. Zumindest nicht laut meiner Ansicht. Was andere Leute über ein derartiges Outfit dachten, konnte ich schließlich nicht beurteilen. Letztendlich waren es doch unsere Kunden, die bestimmten, was sie sehen wollten.

Vroni öffnete die Tür und sah mich vor dem Spiegel stehen. Sie sagte, dass wir eigentlich eine richtig tolle

Gelegenheit für ein neues Video verpassten. Ihrer Meinung nach sei es eine fantastische Idee, mich dabei zu filmen, wie ich mir das Latex überzog. Ich folgte ihr ins Zimmer und legte mich auf ihr Bett.

Die Handlung in unserem neuen Film war auch klar vorgegeben. Ich sollte mich nur auf ihr Bett setzen, während ich mir über die Beine strich. Exakt das gleiche hatten wir ja bereits mit dem Leopardenanzug gemacht. Das zweite Video, das wir an diesem Tag drehten, war schon etwas anspruchsvoller. Zumindest für Vroni. Ich konnte mich entspannen, während sie mich vor der Kamera fesselte. Mit ihren neuen Fesseln und Seilen zog sie meine Füße zurück und kettete auch meine Arme auf den Rücken. Auch, wenn es ein wenig wehtat, spürte ich eine innere Entspannung. Wahrscheinlich war es mir in diesem Moment vollkommen egal. Ich ließ die ganze Prozedur über mich ergehen. Meine Füße wurden währenddessen mit meinen Händen verbunden und ich lag mit dem Bauch auf Vronis Bett. Sie verließ das Bild und ließ mich gefesselt auf dem Bett liegen. Ein wenig eigenartig fand ich das schon. Wirklich viel zu sehen gab es danach nicht mehr. Sie hielt einfach drauf, während ich gelangweilt meine Augen rollte. Das Video dürfte in etwa zehn Minuten gedauert haben. Theoretisch hätte sie auch einfach ein Standbild von mir machen können, dann hätten wir schneller mit dem neuen Video anfangen können.

An diesem Tag produzierten wir tatsächlich einige neue Filme. Unsere Datenbank wuchs und wuchs. Mit unserem Angebot wuchsen natürlich auch die Umsätze. Allein an diesem Tag konnten wir über dreihundert neue Verkäufe verzeichnen. Es gab Fetischstudios, die das in einem Jahr nicht schafften. Irgendwas schienen wir anders zu machen. Vielleicht lag es daran, dass Vroni sich scheinbar gut auf dem Markt auskannte. Bei der Masse an Beziehungen, die sie in den vergangenen neun Jahren führte, waren mit Sicherheit auch viele Fetischisten dabei.

Am Abend bekam ich eine neue Nachricht von Matze. Dieses Mal war sie etwas länger.

> *Das neulich im Restaurant war nicht cool. Mach das bloß nicht nochmal. Ich werde bei deiner Fresse einfach nicht geil. Das beweist doch niemandem, dass ich einen kleinen Schwanz habe. Um das alles wieder gutzumachen, will ich morgen ein Extra-Schweigegeld. – Komm morgen Abend zum Brunnen und bring mir 500 Euro mit.*

Ich lachte innerlich. Er hatte keine Ahnung, was auf ihn zukam. Ich würde alle Hebel in Bewegung setzen, um sein erbärmliches Leben in eine Hölle zu verwandeln. Ich sagte zu und wusste, dass es jetzt besonders lustig wurde.

Kapitel 21

Am Sonntagabend traf ich Matze am Brunnen vor der Uni. Der Brunnen lief und bei jedem noch so kleinen Windstoß spürte ich, wie kleine Tropfen meine Haut berührten. Ich trug ein Ärmelloses Top und eine gepflegte Jeans. Es war zum Glück nicht kalt. Am Nachmittag hatte ich noch gekellnert. Das Wetter war diesen Sommer sehr wechselhaft, wie ich feststellen musste. Sonne und Regen wechselten sich von Tag zu Tag ab.

Schließlich sah ich, wie ein dunkles Auto an der Straße hielt.

„Hey, Sweetie!", rief es mir entgegen. „Hast du das Geld?"

Ich schüttelte den Kopf und zeigte ihm den Mittelfinger. Noch lachte er sarkastisch. Doch das würde ihm bald vergehen. Ich rührte mich nicht von der Stelle. In Richtung Auto würde ich nicht gehen. Ich dachte gar nicht daran. Wahrscheinlich hätte er mich noch in seinen Wagen gezogen. Matze schnallte sich ab und stieg aus dem Wagen.

„Ganz schön frech, du kleines Gör."

Ich streckte ihm die Zunge raus und bewegte mich keinen Millimeter. Er konnte mir nichts antun. In fast allen Richtungen waren andere Menschen unterwegs. Hätte er mich geschlagen, hätten das andere mitbekommen. Er stand schließlich vor mir und streckte seine Hand aus. Die Geste war auf der ganzen Welt bekannt und bedeutete: Geld her. Kopfschüttelnd verschränkte ich meine Arme. Wahrscheinlich sah ich so aus, wie die kleine Erstklässlerin, die sich mit dem Lehrer anlegte. Das war mir egal, immerhin stand ich darüber.

„Willst du etwa, dass die ganze Welt dein kleines Geheimnis erfährt?"

„Willst du etwa, dass die ganze Welt **dein** kleines Geheimnis erfährt?", konterte ich selbstbewusst.

„Wovon redest du?", fragte er etwas verunsichert.

Die Verunsicherung wollte er sich natürlich nicht anmerken lassen. Diesen Moment nutzte ich und machte einen Kommentar über den Schweiß, der ihm über die Stirn lief. Natürlich packte ich noch nicht komplett aus. Unser Plan war schließlich, dass wir ihn Schritt für Schritt erledigten.

„Vielleicht weißt du, dass ich in einem Fetischporno modele.", begann ich. „Aber weißt du, was nicht weniger verwerflich ist? – Wenn du zugeben musst, dass du dir zu einer Studentin, die du bedrohst, einen wichst. Warum bist du unser bester Kunde? Weil du auf so ein Zeug stehst. Du hast aber nicht die Eier, um das zuzugeben."

Mein Mundwerk funktionierte hervorragend. Ich war ein wenig von mir selbst beeindruckt. Matze zögerte. Ich wartete auf seine Reaktion, aber im ersten Moment kam nichts. Ich merkte, wie er grübelte. Wenn er nur gewusst hätte, was ich noch alles über ihn in Erfahrung bringen konnte. Glaubte er ernsthaft, Clara würde mir gegenüber nicht auspacken? Ich war mir sicher, dass er genau wusste, dass Clara mir half. Also wusste er auch, dass ich das mit seinen Spielschulden und dem Kunden wusste. Diese Informationen ließ ich aber an diesem Abend aus dem Spiel. Die kamen noch, darauf konnte er sich gefasst machen. Mit erhobenem Zeigefinger deutete er auf mich.

„Das wirst du bereuen.", murmelte er. „Bald weiß jeder in der Stadt, was du treibst."

„Gut möglich, aber es wird auch niemanden interessieren.", antwortete ich verächtlich.

Er hatte sein Pulver verschossen. Keiner konnte mir garantieren, dass er nicht auch bluffte. Matze schien zu realisieren, dass er kein Druckmittel mehr hatte. Dafür hatte er aber eine neue Feindin, die er unterschätzt hatte. Wenn ich Clara nicht gehabt hätte und ich das Mädchen gewesen wäre, das er glaubte, wäre ich wohl unter seinem Druck kaputt gegangen. Das war ich aber nicht. Nach einem Tag Verzweiflung hatte ich mein Selbstvertrauen zurück. Es war stärker als je zuvor. Wie ein Phönix aus der Asche stieg ich empor, um meinem Peiniger das Leben zu ruinieren. Ich war am Zug und nicht dieser reiche Lackaffe. Von Geld konnte man sich vieles kaufen. Vertrauen, Liebe, Anerkennung und Respekt konnte man aber nicht kaufen. Ein wichtiger Punkt, den er lernen musste.

„Ich mache dich fertig, Laura Horn!", brüllte er und ging zurück in Richtung Auto.

Ein Jogger, der vorbeikam, drehte sich erschrocken um und sah Matze in sein Auto steigen. Versichernd sah der junge Mann mir ins Gesicht. Ich lächelte ihm zu. Ich wollte sowas ausdrücken wie: „Alles gut. Machen Sie sich keine Sorgen. Ich brauche keine Hilfe".

Matzes Auto verschwand in die Nacht. Ich sah dem BMW hinterher und war gespannt, was sein nächster Zug in unserem Schachspiel war. Ich ahnte aber schon, dass es bei einer einfachen Veröffentlichung meines Geheimnisses nicht bleiben würde. Ich musste gut aufpassen, um ihm nicht ins Netz zu laufen. Was auch immer er als nächstes tat, ich musste mich, Clara und Vroni schützen.

Ich überlegte kurz. Vroni schützen? Nein, die hatte mich vor ein paar Tagen geohrfeigt und wer weiß, was sie mit dieser komischen Lederpeitsche machte. Ich war mir sicher, dass ich noch einen roten Hintern bekäme von unseren neuesten Videos. Trotzdem wünschte ich ihr nichts Böses. Vor allem sollte Matze keine Genugtuung bekommen. Ich holte mein Handy raus und schrieb Clara, was passiert war. Sie schickte mir einen Lachsmiley zurück. Ich musste wieder grinsen. Es brauchte nicht viele Worte, dass Clara und ich uns verstanden. Es war einfach toll, sie zu kennen. Aber das hatte ich in den vergangenen Tagen bereits sehr oft gedacht.

Kapitel 22

Dass Matze so schnell und so hefig reagierte, ahnte ich nicht. Schon am nächsten Tag ging ich in die Uni und es war vieles anders. Überall lagen Flugblätter herum. Einige Studenten saßen mit den Flugblättern auf den Bänken am Haupteingang der Uni und musterten mich. Schließlich hob ich ein Blatt hoch. Auf der einen Seite befand sich mein Facebook-Profilfoto. Darunter stand mein Name. Ich drehte das Flugblatt um und sah einen Screenshot aus unserer ersten Videoproduktion. Matze musste sie Flugblätter schon ein paar Tage vorher gedruckt haben. Ich konnte mir nicht vorstellen, dass er alle in einer Nacht drucken konnte. Obwohl man sich natürlich auch mit Geld Geschwindigkeit kaufen konnte. Vielleicht war er gestern Abend noch in einen Copyshop gefahren und hatte sie schnell drucken lassen. Auch, wenn sich mein Selbstvertrauen hervorragend entwickelt hatte, musste ich zugeben, dass es schon ein wenig wehtat. Überall lag mein Gesicht herum. Das war mir peinlich und die größte Demütigung, die ich mir hätte vorstellen können.

Ich sah mich auf dem Campus um. Studenten reagierten auf mich. Sie lachten mich aus, sie starrten mich an, einige machten sogar sexuelle Gesten. Ich hatte mir ausgemalt, dass ich darüberstehen würde, aber es traf mich doch heftiger als erwartet. Dass Matze mit so einer

Wucht reagierte, hätte ich nicht ahnen können. Wo war Clara? Ich brauchte jemanden, der für mich da war. Aber wo ich nur hinsah waren unschöne und verachtende Blicke. Unsere Uni war nicht einmal ansatzweise so tolerant, wie sich die Studenten gerne präsentierten. Es tat einfach nur weh und ich versuchte, mir meine Verzweiflung nicht ansehen zu lassen.

Schließlich betrat ich den Hörsaal. Wie immer setzte ich mich auf die oberen Ränge. Als ich durch die Reihen schritt, fühlte ich, dass mich einige ansahen. Viele hatten sogar ein Flugblatt vor sich liegen. Ich spürte, wie mir nicht nur die Blicke folgten, sondern auch wie auf mich gedeutet wurde. Hatten diese Menschen denn keine anderen Probleme? Warum mischten sich diese Studenten in mein Leben ein? Diese Leute waren nach der Schulzeit älter geworden, aber kein Bisschen reifer. Im Gegenteil: Ich wusste, dass die meisten das Studium nur als verlängerte Schulzeit sahen.

Auch während der Vorlesung merkte ich, wie die Blicke der anderen immer wieder auf mich wanderten. Dass ich das gleiche Outfit wie auf meinem Profilbild trug, machte die Sache für mich nicht wirklich leichter. Schließlich überkam mich ein stechender Schmerz in der Brust. Ich musste meine Tränen zurückhalten und stand ruckartig auf. Ich kämpfte mich zum Ausgang. Schließlich brach der Damm auf dem Flur. Ich hatte es noch nicht einmal bis zur Toilette geschafft. Was war mit mir los? Ich hatte es mir doch so einfach ausgemalt. Vielleicht war es mir gar nicht egal, was andere von mir dachten. Vielleicht war ich immer noch ein Opfer der Gesellschaft. Vielleicht machte ich mir einfach alles vor. Hatte Matze damit mein Leben zerstört? Mich handlungsunfähig gemacht? Es wäre kein Problem gewesen, wenn er es überall herumerzählt hätte. Aber gleich mit aller Macht überall rausposaunt auf Flugblättern. Womit hatte ich das nur verdient?

Ich schloss mich in einer Toilettenkabine ein und setzte mich auf die Brille. Mein Körper neigte sich nach vorne. Ich brauchte jemanden, der mich aufbaute. Ich wollte nicht allein sein. Doch ich hatte nicht die Kraft, um Clara anzuschreiben. Dabei hätte ich einfach nur mein Hany rausholen können und „ich brauche dich jetzt" eintippen. Clara wäre vermutlich vorbeigekommen. Wie wir schon festgestellt hatten, waren unsere Vorlesungszeiten in etwa identisch. Da saß ich nun. Hilflos auf dem Uniklo. Meine Tränen tropften auf die grauen fliesen und färbten sie dunkler. Ich musste wohl wirklich bitterlich geweint haben, schließlich waren es mehrere Tränen, die auf dem Boden landeten. Ich konnte hier nicht weg. Es wäre eine noch größere Demütigung, wenn die anderen Studenten mich weinen sehen würden. Sie hätten diese Macht über mich gespürt. Die anderen Studenten hätten gewusst, dass mich ihr Verhalten innerlich fertigmachte. Die Situation wäre wohl nicht so schlimm gewesen, wenn mein Gesicht nicht überall in der Uni rumlag. Gefühlt jeder hatte einen Flyer in der Hand und erkannte mich, sobald ich gesichtet wurde. Warum jeder Student unbedingt einen Flyer mit mir drauf haben musste, war mir auch nicht ganz klar. Hatten diese Menschen denn nichts, womit sie sich beschäftigen konnten? Waren alle Studenten so erbärmlich, dass sie ihren Lebensinhalt daraus zogen, über ihre Kommilitonen zu lästern? Nichts, aber auch wirklich gar nichts war anders als in der Schule.

Langsam trockneten meine Tränen. Zumindest auf der Frauentoilette erregte ich keine Aufmerksamkeit. Die Toilette war für einen Moment leer. Ich richtete mich auf und wischte meine Tränen mit der Hand aus dem Gesicht. Einen Moment blieb ich regungslos sitzen. Die Stille war gar nicht so schlecht. Für einen Augenblick konnte ich neue Energie und Kraft tanken. Diese Energie und diese Kraft brauchte ich auch für die nächsten Stunden in der Uni.

Wie sich später herausstellte, hatte Clara an diesem Montag doch keine parallelen Vorlesungen. Am Nachmittag bekam ich eine Message von ihr.

> *Laura, warum hast du mir denn nicht geschrieben, was hier abging? Wo bist du?*

Inzwischen saß ich vor dem Hauptgebäude und schaute in die Sonne. Wirklich selbstbewusst war ich nicht. Aber das war nicht so wichtig. Ich versuchte, meinen Kopf freizukriegen, was in der jetzigen Situation nahezu unmöglich war. Ich spürte immer noch vereinzelte Blicke. Was mich auch nicht wunderte, immerhin lösten sich die Flyer nicht einfach in Luft auf. Wobei ich ziemlich froh war, dass die Bediensteten der Uni langsam aber sicher alle sichtbaren Blätter aufgesammelt und entsorgt hatten. Was für eine furchtbare Papierverschwendung. Clara sah mich auf der Bank sitzen und kam auf mich zu.

„Lauri, das tut mir so leid. Lass dich drücken."

Sie setzte sich neben mich und gab mir eine dicke Umarmung. Liebevoll drückte ich sie zurück. Ich hatte sie gebraucht. Sie war so unglaublich lieb zu mir. Ich musste nicht erwähnen, wie wichtig sie mir war. Sie war gefühlt mein ein und alles in diesem Moment.

„Du siehst optimistischer aus, als ich in der Situation ausgesehen hätte.", sagte sie.

„Ja, die Phase mit dem auf der Toilette Flennen, hast du leider verpasst."

„Ach, manno!", ergänzte sie. „Da wäre ich gerne dabei gewesen. Ich wollte schon immer mal eine Freundin auf der Toilette trösten."

Auch wenn das ein fragwürdiger Witz war, baute die Aussage mich ungemein auf. Wahrscheinlich lag es gar nicht an der Aussage selbst. Es war einfach toll, sie bei mir zu haben. Sie hätte auch was völlig anderes machen können und es hätte mich aufgebaut.

„Jetzt ziehen wir in den Krieg.", grinste ich zu Clara.

Sie nickte mir zu.

„Gleich morgen werde ich..."

Clara unterbrach mich.

„Nicht morgen.", sagte sie. „Gleich heute. Ursache-Wirkung."

Sie hielt mir ihr Handy vor die Nase und öffnete die Website von Matzes Kunden. In dem Impressum standen sogar die direkte E-Mail von dem Geschäftsführer und eine der Buchhaltung. Ich nahm mein Handy ebenfalls in die Hand und tippte die Adressen in meine Mail-App. Vorsorglich hatte ich gestern Abend ein neues Mailkonto unter falschem Namen angelegt. Ich schickte eine schnelle kurze Mail an den Geschäftsführer und eine an die Buchhaltung.

> *Bitte überprüfen Sie noch einmal Ihre Bücher. Wir haben einen Hinweis bekommen, dass Herr Mathias Umfang Sie um eine nicht unerhebliche Geldsumme betrogen hat.*

Ohne weiter zu überlegen, schickte ich die Mail ab. Der Krieg war eröffnet. Ich ahnte noch nicht, was diese kurze

Mail für einen Schaden anrichtete. Matze erlitt den größten Schaden, aber auch meine Welt wurde weiter auf den Kopf gestellt.

Kapitel 23

Meine Bedenken waren groß. Warum sollte Matzes Kunde auf eine anonyme Mail hören? Hatte ich ihm damit wirklich geschadet? Auf der anderen Seite wäre es unverantwortlich gewesen, wenn wir die Information für uns behalten hätten. Meine Gedanken wanderten weiter. Was mich wirklich wunderte war, warum Clara diesen Schritt nicht bereits gegangen war. Hing sie möglicherweise doch noch an ihm oder hatte er ein Druckmittel? Ich überlegte einen Moment und erinnerte mich daran, dass Clara mir erzählt hatte, dass sie es Matze auch zutraute, Schlägertrupps zu senden. Ein wenig besorgt war ich schon wegen der Aussage. Ich hoffte nur, dass Matze seine Strafe bekam und das Thema damit erledigt war.

Ich saß in meinem Zimmer und schrieb einen Text am Computer. Es war eine Hausarbeit, die ich vorsorglich bereits begonnen hatte. Der Dozent meinte zwar, dass wir sie erst gegen Ende des Semesters abgeben mussten, aber ich wollte mich schon einmal vorbereiten. Ich wollte im Winter einfach weniger zu tun haben.

Es klopfte an meiner Tür. Vroni ging ohne auf meine Reaktion zu warten in mein Zimmer.

„Gute Nachrichten, Partner."

Ich sah auf. Konzentrieren konnte ich mich ohnehin nicht wirklich.

„Komm mal mit."

Ich stand auf und folgte ihr. Natürlich wollte sie mir wieder unsere Umsätze zeigen. Mir fiel fast die Kinnlade herunter. Wir hatten zehntausend Euro verdient und dabei war der Monat noch nicht einmal rum. Insgesamt hatten wir auch nur zwei Wochen an unseren Videos gearbeitet. Das war ein unglaubliches Gefühl. Es fühlte sich nach finanzieller Freiheit an. Kein Wunder, dass Matze auf unser Geld scharf war. Uns war auch bewusst, dass unser Ergebnis nicht von vielen Studios erreicht wurde. Unser Studio war in die Top-Ten der Seite geklettert. Für ein Freizeitprojekt von zwei Studentinnen war das nicht nur „ganz nett", sondern herausragend. Vroni wusste, was Männer wollten. Sie hatte einen Erfahrungsschatz, den sie mit mir in Geld verwandeln konnte. Ich war froh über unsere Entscheidung. Ich war froh, dass wir dieses Projekt starteten und ich war froh, dass alles seinen Lauf nahm.

„Es wird Zeit, mehr zu machen, um mehr zu verdienen. Wir haben unsere Stammkunden.", sagte sie zu mir.

Ich schaute auf den Stapel unserer neuen „Spielzeuge". Diese Kugel wollte ich mal ausprobieren. Ich ging auf die

Materialien zu und nahm die Kugel, die an einem Lederriemen befestigt war, in meine Hand.

„Ein Bondage-Video? Gute Wahl, Partner."

Vroni stellte die Kamera auf und warf mir den blauen Morphsuit zu. Endlich hatten wir einen Anzug in blau. Ich zog mir den Anzug über und legte mich mit dem Bauch auf Vronis Bett. Die Kamera lief bereits und die Handlung ähnelte unserem letzten Shooting. Sie fixierte meine Beine und meine Arme hinter meinem Rücken. Schließlich stopfte sie mir die Kugel in den Mund und schloss den Riemen hinter meinem Kopf. Da ich die Maske des Anzugs trug, war das mit dem Ball doch nicht so eine gute Idee gewesen. Schließlich hatte ich die Kugel im Mund und auch das Material vom Anzug. Es schmeckte zwar nach nichts, aber es war trotzdem unangenehm. Wegen der Kugel konnte ich meinen Speichel nicht richtig herunterschlucken und er lief mir fast ungebremst aus dem Mund. Meine ganze Mundpartie war feucht geworden und mein Kinn schwamm mir weg. Da lag ich nun: Die Arme auf den Rücken verschränkt und die Beine angewinkelt nach oben gerichtet. Mein Mund war mit einer schwarzen Kugel blockiert und mein Sabber strömte mir aus dem Mund. Ein wirklich erotischer Anblick durfte das wohl nicht gewesen sein.

Doch dann passierte etwas, mit dem ich nicht gerechnet hatte. Es klingelte an der Tür. Vroni verließ das Zimmer und ließ mich mit der laufenden Kamera alleine und hilflos liegen. Ich wurde ein wenig unruhig. Von draußen hörte ich nur die Worte „oh mein Gott". Langsam aber sicher, begann mein Herz lauter zu schlagen. „Das ist ja entsetzlich... natürlich", hörte ich Vroni sagen. Schließlich ging die Tür auf. Vroni stürzte ins Zimmer und warf dabei die Kamera um. Nervös löste sie meine Fesseln. Ich war zu überrascht um zu fragen, was los war. Egal was es war, es musste etwas Schlimmes gewesen sein.

Als ich wieder frei war und auch der Ball aus meinem Mund entfernt wurde, zog sie mir die vollgesabberte Maske aus dem Gesicht.

„Es sind zwei Herren von der Kriminalpolizei gekommen. Ich habe sie in die Küche gebeten."

Meine Knie wurden schwach. Was war passiert? Hatte ich etwas Illegales getan? Zitternd betrat ich die Küche. Ich hatte immer noch den Morphsuit an, inklusive der vollgesabberten Gesichtsbedeckung. Die Polizisten sahen mich verwundert an, sagten aber nichts zu meinem Outfit. Das wäre mir auch egal gewesen. Ich wollte nur wissen, was los war. Warum saß die Kriminalpolizei plötzlich in unserer Küche?

„Setzen Sie sich bitte, Frau Horn.", sagte ein Polizist mit sanfter Stimme.

Seine Stimme sollte beruhigend klingen. Allerdings machte seine Tonlage mir Angst. Ich spürte, dass die folgende Nachricht schrecklich werden musste.

„Sagt Ihnen der Name Clara Wenger etwas?"

Mein Körper wurde schwach. Ich merkte, wie sich die Tränen in meinen Augen sammelten.

„Ja, sie ist meine beste Freundin. Ist ihr was passiert?"

Ich spürte, wie Hilflosigkeit in mir aufstieg. Ich zitterte. Ich wollte mehr wissen, doch ich wurde immer nervöser.

„Bleiben Sie bitte ruhig, Frau Horn.", versuchte der eine mich zu beruhigen.

„Sagen Sie.", fuhr der andere fort. „Hatte Frau Wenger irgendwelche Feinde?"

Er formulierte die Frage in der Vergangenheitsform. Er sagte „hatte", nicht „hat". War Clara etwas passiert, das sie nicht überlebte? War sie tot?

„Nicht, dass ich wüsste.", antwortete ich.

Das war dumm. Ich hätte auspacken sollen. Direkt jetzt. War ich zu feige? Die Antwort war eher ein Reflex als wirklich durchdacht. Es war Dienstagabend. Ich hatte Clara seit Montagnachmittag nicht mehr gesehen. Sollte das Treffen auf dem Vorplatz der Uni unser letztes

Treffen gewesen sein? Ich musste eine Träne zurückhalten, doch merkte ich, wie sie mir über die Wange lief. Bitte nicht Clara. Ich brauchte sie.

„Was ist passiert?", fragte ich erneut.

Ich brauchte Gewissheit. Sie war bestimmt noch am Leben. Sie musste noch leben. Wie sollte ich nur ohne meine beste Freundin weitermachen? Ich brauchte sie. Sie war mein ein und alles, sie war mein Fels in der Brandung. Nur Vroni hätte mir in München nicht gereicht. Schweigend sahen sich die beiden Beamten an. Es hätte für die Polizei doch Routine sein müssen, schlechte Nachrichten zu verkünden. Warum sagten sie nichts? Die Stille zerstörte mich und ich merkte, wie mir eine weitere Träne über das Gesicht rollte. Ich wollte nur Gewissheit haben, dass sie noch lebte.

Der eine Polizist räusperte sich. Ihm war die plötzliche Stille wohl auch unangenehm. Ich dachte nur: ‚Bitte erlösen Sie mich von der Ungewissheit'. Schließlich begann er:

„Frau Horn, machen Sie sich erstmal keine Sorgen. Ihre Freundin lebt."

Ich atmete durch. Das wollte ich hören. Aber in welchem Zustand war sie?

„Ihr geht es den Umständen entsprechend gut. Sie liegt auf der Intensivstation.", fuhr der Polizist fort.

Es war tatsächlich ein Schlägertrupp von Matze. Das spürte ich. Sie wurde wahrscheinlich angegriffen und zusammengeschlagen. Doch es kam noch schlimmer. Das, was ihr angetan wurde, war an Rücksichtslosigkeit kaum noch zu überbieten: Der Polizist schilderte mir die Situation. Während er erzählte, kämpfte ich mit meinen Tränen. Clara war die großartigste Person in meiner Welt und die Tatsache, dass ihr jemand etwas antat, machte mich ebenso wütend wie hilflos. Ich war unendlich traurig.

Als sie heute Nachmittag aus der Uni gekommen war, wurde sie auf dem kurzen Weg zu ihrer Wohnung von drei Unbekannten niedergeschlagen. Einer schlug ihr mit einem festen Gegenstand auf den Kopf, sodass sie zu Boden fiel. Auf dem Boden traten die zwei anderen auf sie ein, sodass sie einige Knochenbrüche davontrug. Sie konnte nicht schreien oder sich irgendwie wehren. Die Männer mussten Profis gewesen sein und schon häufiger Menschen bewusstlos geprügelt haben. Doch dann kam die Information, die in mir beinahe einen Brechreiz verursachte: Als Clara auf dem Boden lag und sich nicht mehr rühren konnte, soll einer der Männer eine Zange herausgeholt haben und ihr Ringfinger und kleinen Finger der rechten Hand abgeknipst haben. Meine schwer verwundete Freundin lag dort für zehn Minuten, bis sie von einem Passanten gefunden wurde. Zum Glück leistete der Mann erste Hilfe und konnte ihr Leben retten.

„Ich will zu ihr.", sagte ich verzweifelt. „Ich will sie sehen."

Die Polizisten schauten sich an.

„Frau Horn, das können Sie nicht."

„Wissen Sie, wer Ihrer Freundin das angetan haben könnte?", fragte der andere.

Jetzt war doch die Gelegenheit, um alles zu erzählen. Ich erzählte ihnen von meiner Freundschaft mit Clara. Ich erzählte davon, wie ich Matze kennenlernte und dass er mich erpressen wollte. Ich erzählte ihnen von der Beziehung, die Clara und er führten. Natürlich erwähnte ich auch, dass wir Matze an seinen Kunden auslieferten. Der eine Polizist schrieb alles, was ich sagte mit. Der andere verdunkelte seinen Blick mit jedem Wort, das über meine Lippen verbreitet wurde.

„Frau Horn.", begann er schließlich. „Wir brauchen Ihre Aussage am besten auf Band. Ziehen Sie sich etwas Vernünftiges an und kommen Sie mit uns aufs Revier."

Natürlich folgte ich den Anweisungen. Ich wollte alles dafür tun, dass das Verbrechen an Clara möglichst schnell aufgeklärt wurde. Matze gehörte ins Gefängnis. Das war klar. Ich wollte meinen Teil dazu beitragen, dass er seine gerechte Strafe bekam.

Einer der Beamten erwähnte, dass er die Verbindung zu Matze bereits gesehen hatte. Erst heute hieß es, dass die Firma seines Vaters von einem Kunden angerufen wurde, der mit einer Klage drohte. Wie war es Matze möglich, so schnell einen Schlägertrupp zusammenzutrommeln? Er musste bereits Erfahrungen gesammelt haben. Anders konnte ich mir die Situation nicht vorstellen. Was mich ebenfalls beeindruckte, war die Geschwindigkeit der polizeilichen Ermittlungen.

Nachdem ich alles, was ich wusste, noch einmal auf Tonband gesprochen hatte, fuhren mich die beiden Polizisten nach Hause zurück. Zu Clara durfte ich leider nicht. Sie war laut den letzten Informationen der Polizei wenigstens bei Bewusstsein, brauchte aber Ruhe. Mein Herz wurde schwer. Warum konnte man diesem tollen Menschen nur so etwas antun? Wie herzlos und geldbesessen musste man sein, wenn man dieser tollen Frau auch nur ein Haar krümmte? – Arme Clara. Das hatte sie nicht verdient. Ich trug eine nicht enden wollende Wut in mir. Diese Wut verwandelte sich langsam in Hass. Ich wollte nicht nur Matzes Leben zerstören, sondern ihn auch nicht mehr lebend sehen. Am liebsten hätte ich auch einen Schlägertrupp angeheuert, der ihn umbrachte, ihm zuvor aber unendliche Schmerzen bereitete. Genug Geld hätte ich jetzt wohl langsam gehabt, wenn Vroni für eine kurze Zeit auf ihren Anteil verzichtete.

Als ich die Tür zu Hause öffnete, kam mir Vroni direkt entgegen. Sie legte ihre Hand auf meine Schulter. Ich spürte ihre Wärme. Ich wusste, dass sie es gut meinte, aber ich fühlte mich nicht besser. Clara wäre die einzige gewesen, die mir hätte helfen können. Warum war ausgerechnet sie das Opfer der Schlägertrupps und warum nicht ich? Es war alles meine Schuld. Wenn ich mit meiner blöden Mail nicht gewesen wäre, wäre das wohl alles nicht passiert. Ich wollte mich an ihm rechen und er machte meine beste Freundin dafür verantwortlich. Ich sackte auf den Boden und begann zu weinen. Vroni kniete sich neben mich.

„Es ist alles meine Schuld.", jammerte ich. „Wenn ich nicht gewesen wäre, hätte Matze niemals seine Affen auf sie gehetzt."

Vroni kannte Clara leider nicht. Vielleicht erinnerte sie sich an meine Erzählungen von Clara. Trotzdem konnte sie sich nicht so gut in meine Lage hineinversetzen. Ich wünschte, die beiden hätten sich vorher gekannt. Ich hätte mich von Vronis Umarmung mehr verstanden gefühlt. Die arme Clara. Vroni legte beide Arme um mich und drückte mich fest an sich heran. Es half immer noch nichts. Ich war fertig. Ich war am Ende. Mein Kopf platze fast von den „was wäre wenn"-Fragen.

Was wäre gewesen, wenn ich ihn nicht verpfiffen hätte? Was wäre gewesen, wenn sie mir diese Informationen nicht gegeben hätte? Was wäre gewesen, wenn wir niemals mit der Videoproduktion begonnen hätten?

„Es ist nicht deine Schuld.", sagte Vroni.

Das klang mir zu sehr nach einer Floskel, als dass ich ihr glaubte. Eine Begrünung lieferte sie in ihrer Aussage nicht. Wahrscheinlich war sie danach auch sprachlos.

Die Nacht war sehr unruhig für mich. Ich konnte nicht schlafen. Immer wanderten meine Gedanken zurück zu Clara, wie sie alleine im Krankenhaus lag. Verprügelt von drei Feiglingen, die nur auf Geld aus waren. Ich war so wütend. Wenn ich einen von diesen Idioten in die Finger bekommen hätte... Ich schämte mich für meine Rachegefühle. Clara hätte es nicht gefallen. Sie war ein viel zu positiver Mensch. Es hätte sie wohl auch nicht glücklich gemacht, wenn ich in ihrem Namen Rachegefühle gehabt hätte. Das passte einfach nicht zu ihr. Ich wünschte mir so sehr, dass ich endlich ihr Lächeln wieder sehen konnte. Ich wünschte mir, dass sie aus dem Krankenhaus kam und ich sie in die Arme nehmen konnte. Ich vermisste sie wirklich. Clara war die einzige Person, die ich kannte, die einen Schein im Herzen trug, den man nur unterdrücken konnte, wenn man ihr was antat. Sie war lebensfroh und immer glücklich.

Vroni schloss die Tür in dieser Nacht mehrfach ab. Sie hängte außerdem die Sperrkette ein, damit wir keine

Überraschungen erwarten konnten. Aus dem Flur hörte ich, dass Veronika mehrmals zur Toilette rannte. Das war ebenfalls ein Zeichen für Unruhe. Ob Vroni damit rechnete, dass auch ein Schlägertrupp vor unserer Tür stand? – Unwahrscheinlich war es nicht. Immerhin kannte Matze auch unsere Adresse.

Kapitel 24

Die Nacht blieb den Umständen entsprechend ruhig. Natürlich konnte ich nicht schlafen. Meine Gedanken wanderten unaufhörlich zu der armen Clara. Hoffentlich war sie wenigstens im Krankenhaus sicher. Ich fragte mich aber dauernd: Warum gerade sie? Warum war ich nicht das Opfer der Gewalt geworden? Ich hätte es doch viel mehr verdient. Gab es möglicherweise ein Kapitel in Claras Leben, das ich nicht kannte? – Vermutlich ja. Die zwei Wochen, in denen wir uns kannten, reichten wohl weniger aus, um sie sehr gut kennenzulernen. Trotzdem konnte und wollte ich mir einfach nicht vorstellen, dass sie irgendetwas getan hatte, wodurch sie etwas derartiges verdiente. Es war Matze. Da war ich mir sicher. Er wusste, dass sie die einzige Person war, die seine kriminellen Machenschaften kannte. Er wusste, dass sie es mir verraten haben musste. Er wollte, dass sie für diesen Verrat bezahlte. Wenn ich doch bloß nie diese E-Mail geschrieben hätte, dann wäre das alles nicht passiert.

Was wäre aber, wenn ich Matze Unrecht tat? Was wäre, wenn sie nur das unglückliche Zufallsopfer gewesen wäre? Trotz allem wäre das ein sehr unwahrscheinlicher Zufall gewesen. Es passte einfach zu gut. Was mich aber wirklich stutzig machte, war die Geschwindigkeit, in der die Situation eskalierte. Seit Sonntag waren nur drei Tage vergangen. Ich gab ihm am Sonntag einen Korb, er demütigte mich am Montag, ich rächte mich am selben Tag, am Dienstag meldete sich sein Kunde und er ließ Clara verletzen. Wenn das alles nur ein Zufall gewesen wäre, wäre der Zeithorizont irgendwie wahrscheinlicher.

Immer noch lag ich in meinem Bett. An Aufstehen war nicht zu denken. Ich wollte niemanden sehen. Ich wollte mit niemandem sprechen. Mit Clara hätte ich gerne gesprochen. Gerne wäre ich für sie dagewesen. Ich wollte für sie da sein, so wie sie für mich da war. Ich wollte sie in die Arme nehmen, so wie sie es bei mir tat. Ich wollte ihr die Nudeln klauen und sie dann damit bewerfen. Ich wollte einfach nur ihr Lächeln sehen. Wenigstens passte das Wetter zu meinem Gemüt. Der Himmel war grau und es regnete in Strömen. Der Tag verging einfach nicht. Ich wusste nicht, wie lange ich schon im Bett lag. Vroni hatte ich auch den ganzen Tag nicht zu Gesicht bekommen. Ich hatte sie noch nicht einmal gehört. Vielleicht war es für sie auch nicht so einfach. Wahrscheinlich hatte sie auch Angst, dass sie das nächste Opfer werden konnte. Leider konnte ich ihre Reaktion nicht wirklich einschätzen. Sie war bestimmt nicht halb so schockiert wie ich. Wie konnte sie auch, wenn sie Clara nicht kannte?

Clara lag wahrscheinlich einsam in ihrem Krankenhausbett. Sie betrachtete wahrscheinlich ihre rechte Hand und hatte überall Schmerzen. Ich hoffte bloß, dass ihr alles wieder schnell zuheilte. Ihre braunen

Haare kamen doch unter den Mullbinden nicht richtig zur Geltung. Sie war wahrscheinlich nur noch die halbe Person, die ich kannte. Es dauerte vermutlich länger, bis sie ihr Lächeln wiederfinden konnte.

Zaghaft klopfte es an meiner Tür. Ich antwortete erst nicht. Dann klopfte es erneut. Normalerweise betrat Vroni mein Zimmer doch immer sofort. Heute nicht? Offensichtlich war sie empathischer als ich erwartet hatte.

„Komm rein", murmelte ich.

Vroni betrat mein Zimmer und schlich in Richtung Fenster. Sie sagte nichts, behielt mich aber immer im Auge. Ich sah zu ihr auf. Wollte sie nur einfach vorsichtig sein? Verständnis vortäuschen? Sie lehnte sich an die Fensterbank und schaute mich an. Eine Träne lief ihr über die Wange.

„Ich muss dir was erzählen.", begann sie.

Ich horchte auf. Was hatte sie mir wohl zu sagen? Ihre Stimme klang zitterig. Die Tonlage klang irgendwie so, als würde sie sich schuldig fühlen. Meine Augen öffneten sich und starrten sie an. Ich richtete mich auf und setzte mich im Schneidersitz auf mein Bett.

„Das mit deiner Freundin.", versuchte sie fortzufahren.

Leider schaffte sie es erst nicht. Sie vergrub schluchzend ihr Gesicht in der Hand. Jetzt wurde ich hellhörig. Was wusste sie? Hatte Vroni mit der Sache möglicherweise etwas zu tun? Hatte sie womöglich den Auftrag gegeben? Wie gut kannte ich meine Mitbewohnerin wirklich? Eigentlich kannte ich sie gar nicht. Sie war nur meine Mitbewohnerin. Sie hatte vermutlich einige Beziehungen hinter sich und kannte einige wichtige Menschen in München. Das waren aber keine Fakten. Das wusste ich passiv aus ihren Erzählungen. Ich musste mich blind darauf verlassen, weil ich noch nie einen Menschen getroffen hatte, den Vroni auch privat kannte. Sie sah zu mir auf. Es schien ihr sichtlich schwerzufallen. Sie musste irgendwas wissen, was sie erst vor mir verheimlichen wollte. Meine ganze Aufmerksamkeit war auf sie gerichtet. Sie spannte mich auf die Folter. Aber das war nicht schlimm. Ich gab ihr gerne Zeit, sich zu sammeln. Je genauer sie formulierte, desto mehr Informationen bekam ich. Zumindest war das die Theorie. Ich sah an ihr hoch und betrachtete sie genauer. Ihre Haare waren ungepflegt und sie trug noch ihre Schlafsachen. Diese Sache hatten wir gemeinsam. Ich merkte auch, dass sie noch nichts gegessen hatte. Das Thema schien sie mehr zu beschäftigen, als ich erwartet hatte. Sie wusste irgendwas. Vielleicht wusste sie etwas aus ihrem Netzwerk. Ich konnte es ihr nicht ansehen. Langsam wurde ich dann aber doch ungeduldig.

„Veronika, was willst du?"

Meine Tonlage war höflich, aber bestimmt. Sie hätte auch einfach antworten können. Was kann einen Menschen so sehr beschäftigen? Immerhin war Clara noch am Leben. Ich war deutlich mehr in der Sache drin als Vroni. Was interessierte sie es, wenn eine Freundin von mir verletzt wurde? Sie hatte das Mädchen doch noch nie gesehen... oder doch?

„Ich weiß, wer deiner Freundin das angetan hat.", sagte sie, nachdem sie sich gesammelt hatte. „Es gibt hier in München eine Vereinigung, die solche Dinge tut. Einer meiner Exfreunde hat für diesen Verein gearbeitet."

Ich schüttelte den Kopf. Das klang nach einer Art Mafiaorganisation. Dass die Mafia in München aktiv war, konnte schon sein. Das musste ich zugeben. Aber dieser Zusammenhang kam mir einfach zu plötzlich.

„Was für ein Verein?", fragte ich ungläubig.

Ich konnte mir die Sache nicht ausmalen. Wovon redete sie nur?

„Irgendwie musste sich deine Freundin mit diesem Verein angelegt haben.", sprach sie.

„Was genau weißt du? Woher willst du wissen, dass es dieser Verein war?"

„Es ist die eindeutige Handschrift.", sagte sie. „Bestrafung Stufe zehn. Das bedeutet, dass du zusammengeschlagen wirst und dir zwei Finger entfernt werden."

Was wollte sie mir damit sagen? Sollte das womöglich heißen, dass Matze mit der Sache nichts zu tun hatte? Wollte sie mir sagen, dass Clara sich mit diesem Verein anlegte und darum diese Bestrafung erfuhr? – Das konnte ich mir nicht vorstellen. Der netteste Mensch der Welt würde sich doch nicht mit solchen Menschen herumtreiben.

„Soll das heißen", stotterte ich, „dass Clara irgendwelche Interessen verfolgte und sie darum bestraft wurde? – Was muss man machen, um eine ‚Bestrafung Stufe zehn' zu bekommen?"

In meinen Augen klang das wie ein Level in einem Computerspiel.

„Es gibt nur eine Stufe, die höher ist. Und das ist der Tod.", sagte sie.

Ich ließ mich auf mein Bett fallen und zog mir das Kissen über den Kopf. Ich wollte von diesem Zeug nichts hören. Es klang einfach nicht glaubwürdig. Ich hätte mir gewünscht, dass Vroni einfach von vorne erzählte, statt einfach nur Halbinformationen in den Raum zu werfen.

Es war schon hart genug, da wollte ich nicht auch noch irgendeine neue Geschichte hören.

„Fang von vorne an.", murmelte ich.

Vroni ging zu mir und setzte sich aufs Bett. Sie legte die Hand sanft auf meine Hüfte. So in etwa hatte es meine Mama getan als ich klein war. Die Geste war beruhigend.

Vroni erzählte, dass sie vor einem Jahr mit einem gewissen Steffen zusammen gewesen wäre. Dieser Steffen führte eine Softwarefirma, die Programme herstellte, die sich in der rechtlichen Grauzone bewegten. Konkret waren das Spionageprogramme und Viren. Er verdiente sein Geld also mit der Massenproduktion von Viren. Er merkte aber, dass er von einigen Kunden betrogen wurde. Viele der Kunden, die seine Programme nutzten, wollten nicht zahlen. Wiederum andere waren sehr loyal. Er schickte also die loyalen Kunden zu den „Nichtzahlern", um das Geld einzutreiben. Dabei gab es eine Form von Ehrenkodex. Wie genau der aussehen sollte, wusste sie auch nicht so genau. Jedenfalls war die zehnte Stufe der Bestrafungen in etwa das, was Clara wiederfuhr.

Das klang mir immer noch zu wild. Ich schüttelte ungläubig den Kopf. Das war mir einfach zu sehr an den Haaren herbeigezogen. Vielleicht wollte sich Vroni auch nur einfach wichtigmachen. Ich wusste es nicht. Es war mir aber auch egal. Ich wusste auch nicht, was sie mir damit sagen wollte. Sollte das heißen, dass Clara eine Software gekauft hatte, die sie nicht bezahlen konnte? Das glaubte ich nicht. Was sollte sie damit gemacht haben?

„Bitte geh.", murmelte ich Vroni entgegen.

Sie nickte und verschwand zurück in ihr Zimmer. Ich drehte mich in meinem Bett herum. Auch wenn diese Idee wild klang, wollte ich Clara darauf ansprechen. Ich glaubte irgendwie schon, dass es so eine Organisation gab. Warum auch nicht? Aber die Bestrafungsstruktur und die Verbindung zu Clara waren in meinen Augen einfach nur blödsinnig.

Ich schaute auf mein Handy. Ich hatte eine Nachricht über Facebook von einem fremden Mädchen bekommen. Sie schrieb mir einfach nur:

Darf ich bei euch mitmachen? Als Darstellerin?

Erst war ich etwas sauer. Diese Flugblätter waren ja nicht dazu da, neue Models zu finden. Sie waren dazu da, mich zu demütigen. Trotzdem fand ich es ziemlich süß, dass sie fragte. Ich besuchte ihr Facebook-Profil. Das Mädchen hieß Janin und studierte Biologie im ersten Semester. Sie hatte quasi mit mir zusammen gestartet. Ich musterte ihre Bilder. Sie war klein, vielleicht ein wenig stämmiger gebaut, aber sie hatte ein sehr freundliches Lächeln. Sie sah schüchtern aus. Hinter ihrer großen

Brille versteckten sich grüne Augen. Ihre Haare waren schulterlang und braun. Sie war ein Mädchen, das man in der Schule vermutlich als Streberin brandmarkte. Irgendwie hatte sie was. Ich antwortete aber noch nicht. Ich wurde vielleicht irgendwann auf sie zurückkommen, denn ich musste den Schock mit Clara erst verdauen.

Kapitel 25

Der nächste Tag begann genauso wie der letzte. Ich lag im Bett, hatte kein Auge zugetan und die Falten unter meinen Augen wurden immer tiefer. Ein schöner Anblick war ich vermutlich nicht. Schließlich raffte ich mich doch auf. Ich konnte zwar nicht zur Uni gehen, aber etwas essen sollte ich in jedem Fall. Ich schlich in die Küche und ging zum Schrank. Brot war keins mehr da. Die Küche war auch nicht wirklich sauber, aber aufräumen wollte keiner von uns beiden. Warum auch? Es störte ja nur uns. In der hintersten Schublade fand ich noch einen Müsliriegel. Ich riss das Papier auf und steckte ihn direkt in meinen Mund. Wahrscheinlich hatte ich doch mehr Hunger, als ich zugeben wollte. Noch beim Kauen schaute ich tiefer in unseren Vorratsschrank. Es musste doch noch mehr geben. Vroni hatte den Schrank leider zur Hälfte mir Chipstüten und Nachos gefüllt. Das Zeug mochte ich leider gar nicht. Die andere Hälfte war fast leer. Ein Glas Nutella stand noch an der Seite. Das war alles. Ich ärgerte mich, dass wir nicht mehr Vorräte hatten. Jetzt musste einer von uns das Haus verlassen, um einkaufen zu gehen. Kaum war ich zurück in meinem Zimmer, da hörte ich, wie mein Handy klingelte. Ich nahm ab.

„Guten Tag, hier ist Frau Weiß vom Klinikum München-West.", sprach eine junge Frau an dem anderen Ende der Leitung. „Spreche ich mit Frau Laura Horn?"

„Ja, da sind Sie richtig."

Ein Anruf aus einem Krankenhaus. Ich hoffte, es war das, was ich erwartete.

„Ihre Freundin Clara Wenger hat mich gebeten, sie anzurufen. Sie hat die Intensivstation verlassen und liegt jetzt in einem anderen Zimmer, um sich weiter auszuruhen. Sie hat mich gebeten, bei Ihnen anzurufen. Haben Sie heute Mittag Zeit, um Ihr einen kurzen Besuch abzustatten?"

Diese Information war herausragend. Clara ging es scheinbar besser und sie wollte mich sehen. Ich war sehr dankbar für diesen Anruf. Natürlich sagte ich zu und verschwand in der Dusche.

Als ich geduscht und angezogen war, verließ ich das Haus. Einen kurzen Zwischenstopp machte ich beim Bäcker und in einem Spielzeuggeschäft. Im Krankenhaus waren Blumen nicht gerne gesehen, aber ein kleines Plüschtier durfte ich Clara mitbringen. Ich entschied mich für ein kleines Schweinchen, das ihr Glück bringen sollte. Um kurz vor zwölf fand ich mich vor dem Krankenhausgebäude wieder. Zielstrebig ging ich auf die Information zu.

„Guten Tag, ich möchte meine Freundin Clara Wenger besuchen. Können Sie mir sagen, wo sie liegt?"

Der Mann an dem Tresen schüttelte den Kopf.

„Ich kann Ihnen keine Informationen zu Patienten herausgeben. Können Sie sich ausweisen? Sind Sie die Schwester der Patientin?"

„Nein.", antwortete ich. „Ich sagte Ihnen doch gerade, dass sie meine Freundin ist."

Zu spät merkte ich, wie unhöflich ich reagierte. Der Mann zog die Augenbraue hoch und schaute mich böse an. Sofort entschuldigte ich mich für meinen unhöflichen Tonfall. Der Mann schaute auf seinen Computerbildschirm. Er schien ein wenig sauer auf mich zu sein und verweigerte die Kooperation so gut es ging. Er wollte mir wirklich nicht helfen. Alles war leise. Ich hörte nur das Klicken der Computermaus. Im Gesicht des Mannes sah ich wechselnde Schatten vom Computerbildschirm. Er schien durch mehrere Seiten zu klicken, würdigte mich aber keines Blickes. Nachdem er mehrere Seiten angeklickt hatte, räusperte er sich. Ich war voller Erwartungen. Vielleicht rückte er endlich mit der Sprache heraus. Endlich schaute er mich an. Er legte die Stirn in Falten und sprach:

„Sind Sie immer noch da? – Ich darf keine Informationen rausgeben. Das sagte ich Ihnen doch gerade."

Okay, dachte ich, damit hat er es mir wirklich heimgezahlt. Verzweifelt ging ich zum Gebäudeplan, der neben der Information hing. Wo hatten sie Clara hin verlegt? Was machte aus meiner Sicht am meisten Sinn? Ich war verzweifelt. Wieder musste ich mit einem maroden Damm kämpfen, der zu brechen drohte. Immer noch hielt ich das Plüschschweinchen für Clara in meiner Hand. Ich sah im ins Gesicht. Es sah wirklich süß aus. Ich hoffte, dass sie sich darüber freute. Diesen Tag wollte ich nicht beenden ohne, dass ich Claras Lächeln sah. Das war mein Ziel: Ich wollte sie treffen. Auch wenn ich das ganze Krankenhaus nach ihr absuchen musste. Ich war für Clara hergekommen und ich würde nicht gehen, ohne, dass ich sie gesehen hatte. Das war ich ihr schuldig und das war ich mir selber schuldig. Wenn sie schon eine Bedienstete vom Krankenhaus darum bat, mich anzurufen, dann sollte ich auch gefälligst erscheinen.

Mein Blick wanderte über den Plan. Schließlich blieb ich auf der Intensivstation stehen. Auf einem Flur in der Nähe der Intensivstation befanden sich weitere Zimmer. Wenn ich in diesem Krankenhaus etwas zu sagen gehabt hätte, hätte ich Clara vermutlich dorthin verlegt. Ich musterte den Weg, den ich gehen musste. Es war alles andere als einfach. Offensichtlich hatte das Krankenhaus zwei Ebenen im Erdgeschoss. Um auf die andere Ebene zu kommen, musste ich eine Treppe hoch. ‚Komischer Plan', dachte ich in dem Moment. Zweimal links, einmal rechts und dann quer durch die große Halle. Das war doch nicht so schwer. Schließlich lief ich den Weg in meinem Kopf ab und stellte mir die Schritte, die ich gehen musste, bildlich vor. Einfach war es wohl nicht, aber irgendwann würde ich dort ankommen. Schließlich klemmte ich das Schweinchen unter meinen linken Arm und lief den Weg ab. Alle paar Minuten wurden Betten an mir vorbeigezogen, in denen alte Menschen lagen, die an einem Tropf hingen. Dieser Anblick war nicht schön. Ich hatte den größten Respekt vor den jungen Frauen, die in diesem Krankenhaus arbeiteten. Darum tat ich alles dafür, ihnen nicht im Weg herumzustehen. In einem Gang saß ein älteres Paar auf einer Bank. Der Mann hatte einen Schlauch in der Nase und sie saß neben ihm. Sanft streichelte er ihr über den Arm. Wer weiß, wie lange die beiden schon ein Paar waren? Vielleicht mehrere Jahrzehnte und die Liebe der beiden Menschen war ungebrochen. Mein Herz schlug höher, als ich das sah. Es erinnerte mich daran, dass ich auch eines Tages ein solches Bild zeichnen wollte. Ich stellte mir vor, wie ich im hohen Alter neben einem Mann saß, der mich so akzeptierte wie ich war und mich bedingungslos liebte. So etwas fehlte mir in meinem Leben. Vielleicht war ich einfach zu misstrauisch den Männern gegenüber. Auf der anderen Seite hatte mich die Erfahrung mit Matze nur gelehrt, dass Misstrauen in einigen Fällen auch angebracht war. Das hieß aber nicht, dass Männer grundsätzlich schlecht waren. Ich hatte den Richtigen einfach bisher nicht finden können. Oder er hatte mich noch nicht gefunden. So schlecht war ich auch nicht. Auch wenn ich den einen oder anderen Fehler hatte und in Pornos mitspielte, war ich eigentlich auch ein toller Mensch. Es musste doch einen ehrlichen Mann geben, der das erkannte. Es musste doch einen Menschen geben, der sich zu mir hingezogen fühlte, ein Mensch der für mich da war, jemanden, der immer an meiner Seite stand und der mich genauso liebte, wie ich ihn. Im Grunde suchte ich nach einer Clara in männlicher Form. Mittlerweile war ich das zweite Mal links abgebogen. Aber sollte hier nicht so eine große Halle sein? Ich sah mich um. Ein Plan war leider nirgends zu finden. Wo sollte ich als nächstes hingehen? Am Rand stand eine Bank, auf die ich mich für einen Moment fallen ließ. Lange saß ich aber nicht. Ein junger Mann kam auf mich zu. Er war vielleicht sogar jünger als ich. Er trug eine große Brille und einen Kittel. Ob er Arzt oder Pfleger war, konnte ich nicht sagen.

„Kann ich Ihnen helfen?", fragte er freundlich.

„Vielleicht können Sie das.", antwortete ich. „Ich suche das Zimmer von einer Freundin von mir. Sie wurde in ein anderes Zimmer verlegt, nachdem sie aus der Intensivstation entlassen wurde."

„Können Sie mir ihren Namen nennen?"

„Lara Horn.", antwortete ich. „Und Sie sind?"

Er lachte. Einen kurzen Moment später wurde mir auch klar, dass er nicht nach meinem Namen gefragt hatte. Ich hielt das Plüschschwein vor meine Augen und grinste ihn an. Es war mir peinlich, aber wirklich unangenehm war es nicht. Der Mann räusperte sich und grinste immer noch.

„Nein. Ich meinte Ihre Freundin. Wie heißt die Frau, die Sie besuchen wollen?"

Ich fing an, laut zu lachen und der Angestellte konnte auch seine Professionalität nicht mehr lange aufrechterhalten. Schließlich lachte er ebenfalls. Trotzdem behielt er seine Uhr im Blick. Er musste offensichtlich weiterarbeiten. Er mahnte mich, endlich seine Frage zu beantworten. Dabei lächelte er mir ins Gesicht und zwinkerte mir zu. Bei vielen anderen Männern hätte ich die Geste mit dem Zwinkern vermutlich eher abstoßend gefunden. Bei dem Krankenpfleger war sie aber eher süß.

„Clara Wenger.", antwortete ich schließlich.

„Sie meinen die junge Frau, die in der Stadt angegriffen wurde?"

Ich nickte. Der Mann fuhr fort:

„Dann können Sie mir gerne folgen. Zufälligerweise arbeite ich in der Abteilung, die Ihre Freundin betreut."

Sofort sprang ich auf. Was für ein netter und hilfsbereiter Mensch. Ich war froh, dass mich dieser Zufall ereilte. Ich ging neben ihm her und er führte mich durch die Gänge. Tatsächlich wäre ich richtig gewesen, wenn ich mich nicht verlaufen hätte. Meine Intuition, dass Clara noch in der Nähe der Intensivstation war, schien zu stimmen. Nachdem wir zweimal links abgebogen waren, kamen wir endlich in der großen Halle an, die ich erwartet hatte. Offensichtlich war ich doch noch falscher gelaufen, als ich dachte. Während unseres Spaziergangs durch die Klinik unterhielt ich mich mit dem Mann. Es stellte sich heraus, dass er gerade in der Ausbildung zum Krankenpfleger war. Ursprünglich wollte er Arzt werden, seine Schulnoten reichten aber nicht. Statt etwas anderes zu studieren, entschied er sich für eine Ausbildung im Krankenhaus. Das kam seinem Traum nahe genug. Ich fand seine Geschichte beeindruckend. Er tat alles, um seinen Träumen so nahe wie möglich zu sein, auch, wenn er nicht Medizin studieren konnte, war klar, dass er ins Krankenhaus wollte. Diese Entschlossenheit fand ich irgendwie sehr attraktiv.

Schließlich brachte er mich zu Claras Zimmer. Er deutete auf die Tür und sagte mir, dass sie sich in diesem Zimmer befand. Er sagte auch, dass er mit einer erfahreneren Kollegin gesprochen hatte, die sagte, dass jemand für sie kommen würde. Dennoch bat er mich für einen Moment zum Empfang der Abteilung. Schließlich musste ich noch ein kleines Besuchsformular ausfüllen. Das war aber kein Problem. Immerhin war ich unendlich dankbar, dass ich meine Freundin endlich sehen konnte. Am liebsten hätte ich den Pfleger nach seiner Nummer gefragt, aber das wäre in meinen Augen irgendwie zu indiskret gewesen.

Endlich begleitete mich die Kollegin des jungen Mannes zu Claras Zimmer. Als die die Türklinke herunterdrückte, freute ich mich noch mehr darauf, Clara endlich wiederzusehen. Ich steckte meinen Kopf durch die Tür und sah auf Claras Bett. Ein Vorhang umschlang das Krankenhausbett, sodass ich ihr Gesicht nicht sehen konnte. Ihre linke Hand war aber zu sehen und ich erkannte sie sofort. Komisch, wenn man einen Menschen nur an seiner linken Hand erkennen konnte. Ich trat näher ans Bett heran und zog den Vorhang ein wenig zur Seite. Clara sagte nichts. Schließlich konnte ich ihr Gesicht sehen und ich war ein wenig schockiert. Ihr Kopf war von Mullbinden umschlungen und ihre Augen waren halb zugekniffen. Ihr gesamtes Gesicht und ihre Arme waren von blauen Flecken übersäht. Freundlich hob sie die rechte Hand. Die war ebenfalls komplett umschlungen und ich konnte die Verletzung nicht erkennen. Das Volumen der Binden war aber geringer, sodass es sehr offensichtlich war, dass zwei ihrer Finger fehlten. Lächeln konnte sie nicht. Ich sah aber in ihren Augen, dass sie sich über mein Kommen freute.

„Schöne Scheiße, was?", sagte sie.

„Wie konnte das passieren?", jammerte ich.

Es war nicht die beste Aussage, die ich hätte treffen können, aber ich sagte einfach das, was mir auf der Zunge lag. Ihr Blick wanderte auf das Schweinchen.

„Ist das für mich?"

Ich nickte und legte es ihr aufs Bett. Sie versuchte zu lächeln, konnte aber vor lauter Schmerzen ihre Mundwinkel nicht ganz nach oben ziehen. Sie legte ihre linke Hand darauf und streichelte das Plüschtier.

„Danke. Ich freue mich sehr darüber."

„Ich freue mich sehr darüber, dass es dir gefällt.", entgegnete ich. „Danke auch, dass ich kommen darf."

„Danke, dass du da bist. Ich bin so froh, dass ich dich sehen kann, Laura."

Das Sprechen fiel ihr sichtlich schwer. Ich war so unglaublich froh, dass sie da war, dass ich sie sehen konnte und dass sie noch am Leben war. Ich ging auf ihre linke Seite. Ein Bett neben ihr war ein anderer Patient. Dieser hatte den Vorhang komplett um sein Bett gezogen. Ob es ihn störte, dass ich da war, konnte ich nicht sagen. Ich hatte ohnehin nur Augen für Clara. Auch wenn sie wegen der Umstände einfach schrecklich aussah, konnte man in ihren Augen noch die Lebensfreude sehen. Ich war mir sicher, dass sie nach der Entlassung ein neuer Mensch war. Ein Mensch, der das Leben noch mehr genießen konnte. Vorausgesetzt, dass ihr so etwas nicht noch einmal passierte. Ich setzte mich neben sie und hielt ihre Hand. Es war ein tolles Gefühl, ihre Hand zu halten. Sie drückte meine Hand fest zurück und blickte mir in die Augen. Sie war froh, dass ich da war. Von einem Vorwurf keine Spur. Sie hätte ja auch etwas sagen können wie: „Hättest du diese Nachricht nicht geschrieben, wäre das alles nicht passiert." Sie dachte aber gar nicht daran, mir irgendetwas Böses zu sagen. Sie genoss meine Anwesenheit und ich ihre.

„Darf ich dich umarmen?", fragte ich.

Sie antwortete: „Ja, aber ganz vorsichtig. Nimm, was dir gehört."

Langsam legte ich meine rechte Hand um ihren Kopf. Sie lehnte sich ein wenig vor und ich konnte ihren ganzen Oberkörper umfassen. Schließlich trafen sich meine Hände hinter ihrem Rücken und ich hielt sie ganz in meinen Armen. Ich hörte sie atmen und ich dachte nur daran, wie schön es war, dass sie noch auf der Welt war. Mein Leben wäre zerstört gewesen, wenn ihr irgendwas passiert wäre.

„Die Polizei sagte, dass du einen hautengen Anzug anhattest, als sie mit dir gesprochen haben.", sagte sie.

Ich konnte in ihrer Stimme etwas Freches hören.

„Ja, so laufe ich zu Hause nun mal rum.", sagte ich.

Sie sah mir in die Augen. Vorsichtig versuchte sie zu lächeln. Ganz klappte es nicht.

„Das will ich sehen."

„Kannst du ja mal, wenn du mich zu Hause besuchst.", sprach ich und zwinkerte ihr zu.

Sie drückte mich fester zu sich heran. Scheinbar hatte sie länger keine Umarmung mehr bekommen. Ich wollte einfach für sie da sein. Sie hätte mich um alles bitten können oder alles mit mir machen. Ich wusste, dass sie das gleiche auch mir anbieten würde.

„Matze ist echt ein Arschloch. Hast du ihn schon angezeigt?"

Meine Frage fühlte sich irgendwie fehl am Platz an. Clara schaute auf und löste sich aus meiner Umarmung.

„Ich weiß nicht, ob er es war. Unter den Angreifern war er nicht.", sagte sie.

„Er muss es gewesen sein. Wer denn sonst?"

„Kann ich nicht sagen. Er ist aber so lange unschuldig, bis wir einen eindeutigen Beweis haben."

Clara war sehr bürokratisch. Wahrscheinlich war das auch die einzige richtige Einstellung, die man in dieser Situation haben konnte. Ich schämte mich ein wenig für meine Aussage. In ihrer Stimme schwang aber etwas mit, das mich ein wenig stutzig machte. Wusste sie vielleicht doch mehr? Vielleicht war Vronis Anspielung auf diesen Verein gar nicht so falsch. Vielleicht hatte sie sich tatsächlich mit jemandem in dieser Vereinigung angelegt. Ich schämte mich auch für diese Gedanken. So lange ich nichts belegen konnte, sollte ich lieber ruhig sein. Ich konnte mir auch nicht vorstellen, dass Clara irgendetwas tat, das so viel Hass mit sich zog.

Ich wollte sie erneut umarmen, aber sie wich zurück. Scheinbar hatte ich einen wunden Punkt bei ihr getroffen. Sie wollte nicht nach den Gründen suchen, warum ihr das angetan wurde. Sie wollte nur, dass ihre Schmerzen aufhörten und sie endlich wieder gesund werden konnte. Das verstand ich natürlich vollkommen. In diesem Moment spürte ich aber, wie sie sich von mir distanzierte. Ich wollte nichts hineininterpretieren, aber ich merkte, wie sie langsam in ihr Kissen einsank.

„Wollen wir über was anderes reden?", fragte ich.

211

„Nein.", antwortete sie. „Nichts für Ungut, meine Liebe, aber ich werde gerade müde. Kannst du mich morgen nochmal besuchen? Das würde mich sehr glücklich machen."

„Aber natürlich."

Ich lehnte mich zu ihr herüber und gab ihr einen Kuss auf die Stirn. Sie wehrte sich nicht dagegen, sondern ließ alles über sich ergehen. Scheinbar war sie nicht sauer, dass ich dieses Thema angeschnitten hatte. Wahrscheinlich war sie wirklich müde. Ich hätte mich auch sehr geärgert, wenn mein schnelles und anschuldigendes Mundwerk dieses Treffen komplett ruiniert hätte. Das letzte, was ich wollte, war ein Streit mit ihr. Ich wollte nichts weiter, als alles wieder gutmachen und ihr durch meine Anwesenheit Freude bereiten. Mehr wollte ich wirklich nicht. Ich stand auf und ging in Richtung Tür.

„Dann bis morgen.", sagte ich.

Clara antwortete nicht. War sie doch sauer? Ich bewegte mich in Richtung Abteilungsempfang und fragte die Dame, die dort beschäftigt war, ob ich morgen wiederkommen könne. Sie sagte, dass das problemlos möglich sei, wenn Clara ebenfalls damit einverstanden war. Ich hoffte doch, dass sie damit einverstanden war. Wahrscheinlich war mein Hass auf Matze einfach nur giftig. Er zerstörte viel. Hass zerstört so einiges. Ich musste dringend dafür sorgen, dass ich mit ihr nicht über Matze oder die Hintergründe der Tat sprach. Beim Gang nach draußen, schaute ich mich ein wenig im Krankenhaus um. Ich hoffte, dass mir dieser Pfleger noch einmal begegnete. Leider tat er es nicht und ich stand schließlich wieder vor der Tür. Nachdem ich draußen war, machte ich mich wieder auf den Weg nach Hause.

Morgen musste ich arbeiten. Ich wusste noch nicht, ob ich tatsächlich wieder bereit war, um zu kellnern. Auf der anderen Seite könnte es eine gute Abwechslung sein, sofern ich Mathias nicht begegnete.

Kapitel 26

Warum war ich wieder in die Uni gegangen? Den Studenten hatte ich es nicht wirklich verziehen, dass sie mich vor wenigen Tagen ausgelacht hatten. Vereinzelt spürte ich immer noch ihre Blicke. Vielleicht hätte ich einfach auf eine andere Uni in einer anderen Stadt wechseln sollen. Sowas dachte man eigentlich nur, wenn man auf der Schule war. Dass so etwas jemals jemand von einer Uni dachte, war mir nicht bekannt. Das wird es aber wohl auch gegeben haben. Mit aufgestütztem Kopf folgte ich der Vorlesung. Ich stellte mir die Frage, ob ich überhaupt das Richtige studierte. Inhaltlich gefiel mir bisher gar nichts. Hinzu kam noch, dass ich mittlerweile meine Kommilitonen hasste. Schon wieder dachte ich über Hass nach. Ich hasste Matze, ich hasste meine Mitstudenten. Ich war ein hasserfülltes Luder. Dass ich jemals so von mir selber dachte, erschrak mir normalerweise. Heute aber nicht. Heute hatte ich diese „mir ist alles egal"-Haltung. Sollte ich mich doch als Luder bezeichnen. Das war jetzt kein Problem. Sollten mich doch die anderen Studenten anglotzen, war mir jetzt auch schon wieder egal. Ich wollte nur, dass zwischen Clara und mir wieder Einigkeit und Vertrauen herrschte. Ich hatte ihr immerhin versprochen, dass ich heute noch einmal ins Krankenhaus kommen würde. Danach musste ich noch arbeiten. Ich hatte einen wirklich vollen Zeitplan an diesem Tag und ich verschwendete ihn in einer Vorlesung. Zwar kannte ich den Inhalt der Vorlesung nicht, es ödete mich doch an. Ich dachte darüber nach, vielleicht doch das Studienfach zu wechseln. Vielleicht war ich im Studienfach Biologie besser aufgehoben. Dann hätte ich vielleicht schon einmal jemanden, der auch bei uns mitmachen konnte. Da viel mir ein, dass ich Janin immer noch nicht geantwortet hatte. Ich zog mein Handy aus der Tasche und öffnete den Messenger. Ich schrieb ihr nur:

Lass uns am Montag mal sprechen :)

Irgendwie war es süß, dass sie sich für eine Arbeit bei uns interessierte. Sie wollte auch modeln und ein Teil der Münchener Fetisch Fabrik sein. Kann es sein, dass Vroni und ich uns eine kleine Marke aufgebaut hatten? Vielleicht waren die Studenten, die mich für meine Arbeit verurteilten, einfach nur neidisch, dass ich mehr Geld als sie verdienen konnte. Vielleicht waren die Frauen auch neidisch, dass sie nicht den Mut hatten, in einer derartigen Produktion aufzutreten. Das klang irgendwie wie an den Haaren herbeigezogen. Ganz unwahrscheinlich war es aber nicht, denn wenn ich etwas aus einer Vorlesung mitgenommen hatte, dann war es, dass man Menschen von außen verachtet, die man innerlich bewunderte. Interessant, dass ich mich an Vorlesungsinhalte erinnern konnte. Vielleicht war ich in dem Studienfach Psychologie doch nicht so fehl am Platz.

Als die Vorlesung beendet war, machte ich mich wieder auf den Weg in Richtung Krankenhaus. Hoffentlich ging es Clara ein wenig besser. Der Weg brannte sich ein wenig in meinen Kopf ein, sodass ich dieses Mal keine Probleme damit hatte, zur richtigen Abteilung zu finden. Den Pfleger konnte ich bei meinem Weg in Richtung Claras Zimmer aber nicht finden. Schade eigentlich. Irgendwie verspürte ich immer noch das Bedürfnis, ihm meine Handynummer zu geben. Er war eine sehr interessante Person und war überhaupt nicht vergleichbar mit diesen anderen Typen, die mich bisher so interessierten. Schließlich kam ich wieder am Empfang an. Ich unterschrieb, dass ich Clara besuchen durfte und wurde von einer jungen Frau in Claras Zimmer begleitet.

Dieses Mal war der Vorhang komplett offen. Direkt beim Reingehen konnte ich Claras Gesicht sehen. Sie konnte zum Glück wieder lächeln. Das war mir besonders wichtig. Sie winkte mir mit ihrer rechten Hand zu. Ich fand es erstaunlich, dass sie auch schon beim letzten Treffen so problemlos mit ihrer Hand umgehen konnte. Schließlich fehlten ihr zwei Finger. Mit der linken Hand deutete sie, dass ich mich auf ihr Bett setzen sollte. Sie wollte mich neben sich haben. Das freute mich sehr, zumal ich mich immer noch für meine Aussage gestern und die peinliche Situation schämte. Clara schien das alles nicht mehr zu kümmern.

„Drück mich.", flüsterte sie mir zu.

Sie beugte sich nach vorne und ich umfasste ihren Oberkörper. Es fühlte sich einfach nur richtig an. Ich war sehr froh, dass zwischen uns alles wieder in Ordnung war. Natürlich lenkte ich dieses Mal unser Gespräch nicht auf den Angriff. Das brauchte ich auch gar nicht, denn Clara begann von selbst zu erzählen.

Sie war auf dem Weg nach Hause. Dann wurde sie plötzlich von einem Mann nach Zigaretten gefragt. Als sie sagte, dass sie Nichtraucherin sei, spürte sie, wie ihr jemand von hinten auf den Kopf schlug. Ein weiterer Mann tauchte neben dem auf, der sie angesprochen hatte. Insgesamt waren es also drei Personen. Der Polizei sagte sie, dass es drei Männer gewesen seien. Sie konnte die Person, die hinter ihr stand, aber nicht wahrnehmen. Es hätte auch genauso gut eine Frau sein können. Da die anderen beiden männlich waren, ging sie aber davon aus, dass sie von drei Männern angegriffen wurde. Das war ein sehr interessantes Detail. Was wäre, wenn die dritte Person tatsächlich weiblich war? Könnte es vielleicht sein, dass Vroni...? Nein, das war unmöglich. Immerhin drehte Vroni zu dieser Zeit zusammen mit mir dieses Video. Ich wusste auch nicht, warum ich Vroni immer in diese Diskussion einbrachte. Für mich war es Matze. Das war klar. Vroni hatte zu ihm keine Verbindung, die ich in irgendeiner Form nachvollziehen konnte. Die Gedanken blieben aber immer noch in meinem Kopf. Es war so eine Art Bachgefühl und dieses hatte mich in letzter Zeit nicht im Stich gelassen. Aber warum und vor allem wie hätte

Vroni Clara angreifen können? Was mich dann aber doch interessierte, war die Verbindung zu dieser Vereinigung, die Vroni vor zwei Tagen angesprochen hatte. Seither hatte ich auch nicht wirklich mit ihr gesprochen. Ich musste herausfinden, welches Motiv hinter der Tat steckte. Gäbe es noch einen anderen, der Clara etwas antun könnte, außer Matze? Eigentlich hätte Matze mir auch etwas antun müssen. Immerhin hatte ich ihn verraten. Dass ich die Information von Clara hatte, war anzunehmen. Aber warum sollte er seine Exfreundin so schlimm verletzen? Ich spielte mit dem Gedanken, dass es doch etwas Anderes in Claras Leben gab, das ein Motiv für einen Angriff darstellte. Vielleicht war Matze tatsächlich unschuldig und es hatte einfach vom Timing her sehr gut gepasst. War das Timing wirklich gut? Eigentlich ging es mir fast ein bisschen zu schnell. Ich überlegte ein wenig. Argumentierte ich mittlerweile dafür, dass Matze mit der Situation gar nichts zu tun hatte? Ein Bisschen komisch kam ich mir dabei schon vor. Immerhin war die Sache für mich so gut wie abgehakt.

„Diese Männer hattest du nie gesehen?", fragte ich Clara.

„Nein.", antwortete sie. „Wenn ich die Männer gekannt hätte, dann hätte ich sie zuordnen können."

Einen Moment überlegte ich, ob ich diese Vereinigung ins Spiel bringen sollte. Vielleicht wusste Clara etwas darüber. Wahrscheinlich würde ich aber wieder ins nächste Fettnäpfen treten und sie wieder wütend machen. Das wollte ich verständlicherweise auch nicht. Einen Moment sprachen Clara und ich über belanglose Themen wie das Studium und unseren Tag im OEZ. Die Frage nach dem Verein verfolgte mich aber über das Gespräch. Schließlich nahm ich doch allen Mut zusammen und fragte sie. Ich erwartete Schlimmes.

„Vroni hatte mir von einem Verein erzählt, der Straftaten ausführt. Ist es vielleicht möglich, dass du von diesem Verein angegriffen wurdest? – Das würde immerhin die vielen Männer erklären, die dich angegriffen haben."

Ich versteckte kurz mein Gesicht und sah in die andere Richtung. Neben Claras Bett war immer noch ein anderer Patient, der sich mit dem Vorhang komplett umschlossen hatte. Ich konnte mir gut vorstellen, dass dieser Typ, sehr froh war, sobald ich gegangen war. Clara antwortete zum Glück anders, als ich es erwartet hatte. Sie richtete sich auf und begann:

„Ich habe davon schon einmal gehört. Ich wusste, dass es so einen Verein gibt, weil mir Matze einmal davon erzählte. Glaub mir, wenn man lange genug in einer Beziehung ist, dann spricht man über so einiges. Deine Idee, dass es Matze gewesen ist, könnte durchaus stimmen. Immerhin pflegte er tatsächlich Kontakte in diese Richtung. Eine Sache, die ich aber nicht verstehen kann: Ich war mir sicher, dass er vor wenigen Monaten mit dem Verein gebrochen hat. Er hätte sie aber nicht um Hilfe fragen können. Die einzige Ausnahme wäre, wenn er sich mit diesem Steffen wieder vertragen hatte."

Der Name Steffen klingelte wie Musik in meinen Ohren. Vroni hatte mir erzählt, dass ihr Exfreund, der in Verbindung mit dem Verein stand, ebenfalls Steffen hieß. Diese Gedanken ließen mich nicht mehr los. Ich war mir sicher, dass sowohl Vroni als auch Clara mehr wussten als ich. Ich wusste auch, dass mir beide nicht so viel darüber erzählten. Diese Ungewissheit machte mich wütend. Ich wollte doch nur helfen und alles verstehen, warum sagte man mir nicht alles?

„Heißt das", sagte ich zu Clara, „dass es möglich war, dass Matze diesen Schlägertrupp nicht beauftragt hatte, weil er sich mit ihnen angelegt hatte?"

„Möglich ist alles, Lauri."

Ich mochte es, wenn Clara mich so nannte. Dieser Spitzname war so liebevoll. Ich wusste, dass sie erkannte, wie sehr ich ihr helfen wollte.

„Könnte es sein, dass du angegriffen wurdest, weil sie dachten, dass du nach wie vor Matzes Freundin bist?"

220

Diese Schlussfolgerung legte ein anderes Licht auf die Situation. Wahrscheinlich waren die Täter nicht mehr auf dem neuesten Stand und glaubten, sie hätten Matze eins ausgewischt. Wie wahrscheinlich war das? – Das würde auch diese extrem kurze Zeitspanne erklären. Möglicherweise hatte Matze auch gar keine Spielschulden gehabt, sondern andere. Vielleicht wurde auch er unter Druck gesetzt, sodass er seinen Kunden um Geld betrogen hatte. Vielleicht wollte er einfach seinen Hintern mit dem Geld retten. Ich hatte das Bedürfnis, ihn darauf anzusprechen. Es interessierte mich dann doch. Vielleicht war er gar nicht der Böse in dieser Geschichte. Vielleicht war Matze ein Opfer, das selber unter Druck geraten war. Vielleicht brauchte er das Geld aus diesem Grund. Ich musste mit Matze sprechen, um die ganze Wahrheit zu erfahren. Das war die einzige Möglichkeit, die ich hatte. Nur, weil ich ihn für ein Opfer hielt, bedeutete es aber nicht, dass ich ihm verzieh. Er hatte mein Leben erschwert und das zahlte ich ihm heim. Zumindest in dieser Hinsicht waren wir quitt. Alles, was ich jetzt im Kopf hatte, war die Situation mit Clara aufzuklären.

„Das könnte sein.", antwortete Clara. „Lauri, tu mir bitte einen gefallen."

Ich hörte ihr genau zu.

„Ich weiß, dass du die Situation aufklären willst, aber halt dich bitte da raus. Wer weiß, was als nächstes passiert. Ich will nicht, dass du in diese Scheiße von Matze reingezogen wirst und dir das gleiche wie mir passiert. Du hattest deine Rache und gut. Jetzt konzentriere dich auf dein Studium, dein Internetprojekt und aufs Volleyballspielen."

Ich nickte. Natürlich würde ich mich hier in nichts einmischen. Dennoch musste ich mir Vroni und vielleicht auch Matze vorknöpfen. Ich wollte mich in nichts einmischen, sondern einfach nur alles verstehen. Doch das alles war deutlich komplexer, als ich je zu träumen gewagt hatte. Ich ahnte nicht, dass mich diese Sache noch Jahre beschäftigen würde und dass ich bereits ungewollt und unverschuldet ein Teil dieser Geschichte war.

Kapitel 27

Claras Worte gingen mir wirklich zu Herzen. Sie hatte Recht: Ich musste mich aus dieser Sache heraushalten. Heute musste ich noch ins Restaurant. Das ermutigende Gespräch mit Clara brachte mich dazu, das Leben von einer anderen Perspektive aus zu sehen. Vielleicht war ich glücklicher, wenn ich nicht immer an vorderster Front stand. Bevor ich zur Arbeit gehen konnte, musste ich mich noch einmal zu Hause umziehen. Ich öffnete die Tür und betrat unsere Wohnung. Von Vroni war nichts zu hören. Langsam machte ich mir Sorgen. Ich klopfte an ihrer Zimmertür. Es kam keine Reaktion. Vorsichtig öffnete ich sie und steckte meinen Kopf in ihr Zimmer. Irgendwas stimmte nicht. Sie war weg und ihr Zimmer sah nicht bewohnt aus. Die Sachen, die normalerweise quer durch das Zimmer verteilt lagen, waren weg. Ihr Computer stand noch auf ihrem Schreibtisch. Daneben lag ein Zettel mit unseren Log-In-Daten für das Fetischportal. Ich betrat ihr Zimmer und sah mich um. Es war wirklich gespenstisch. Das Einzige, was nicht aufgeräumt aussah, war die Kiste mit unseren Fetischspielzeugen in der Ecke. Sie kam mir sogar voller vor. Ich ging zu Vronis Schrank und öffnete ihn. Der Schrank kam mir nur noch halb so voll vor. Langsam machte ich mir Sorgen. War Vroni abgehauen? – Sie konnte mich doch nicht einfach alleine in einer Wohnung lassen. Vor allem nicht mit ihren Klamotten. Wenn ich gewusst hätte, was ihr Ziel war, hätte ich mich wenigstens mit unserem Vermieter zusammensetzen können.

Ich ging in mein eigenes Zimmer. Natürlich hatte ich wie immer nicht abgeschlossen. Mein Zimmer sah auf den ersten Blick auch unverändert aus. Doch dann viel mir auf, dass ein Briefumschlag auf meinen Schreibtisch lag. Der Umschlag roch nach Vroni. Vielleicht fand ich hier endlich meine Erklärung. Ich öffnete ihn und sah, wie mir mehrere Geldscheine entgegensprangen. Es waren fünfhundert Euro. Ein kleiner Zettel lag bei, auf dem einfach nur „Danke, Partner" stand. Was sollte ich jetzt davon halten? Ich überlegte. Im Grunde war die Situation nicht so ungewöhnlich. Immerhin waren die meisten Sachen, die Vroni hatte, noch da. Inklusive ihrem großen Computer. Ihr Laptop war allerdings weg. Jedoch war das auch ein Gegenstand, den man einfach so in die Vorlesung nehmen konnte. Für mich war die einfachste Erklärung die logischste: Vroni hatte nur aufgeräumt und war zur Uni gegangen. Das Geld musste sie mir ja ohnehin irgendwann wiedergeben und wenn sie gerade flüssig war, war das bestimmt auch ein ganz guter Zeitpunkt. Mein Bauchgefühl sagte aber etwas Anderes: Irgendwas stimmte nicht. Ich konnte es mir aber nicht erklären. Eigentlich hätte ich mit ihr sprechen müssen. Ich wollte mehr über die Sache erfahren und sie war plötzlich weg. Schließlich machte ich meine Zimmertür zu und zog mein Top und meine Jeans aus, damit ich sie gegen eine weiße Bluse und eine schwarze Strumpfhose ersetzen konnte. Darüber streifte ich wie jedes Mal meinen schwarzen Rock. Das Outfit gefiel mir. Ich konnte mir vorstellen, dass ich noch eine längere Zeit am Gärtnerplatz arbeitete, wenn ich dadurch mein Arbeitsoutfit behalten durfte. Ich schlüpfte in schwarze Ballerinas, um das Outfit zu komplettieren. Meine Haare knotete ich zu einem Pferdeschwanz zusammen. So musste eine professionelle Kellnerin aussehen.

Auf dem Weg zur Arbeit, dachte ich durchgehend über Vroni nach. Was war ihr passiert? Warum hatte sie einfach unsere Wohnung verlassen? Wo waren ihre Sachen hin? Die Erklärung schien eigentlich sehr einfach zu sein: Nichts war ihr passiert. Sie hatte die Wohnung verlassen, weil sie zur Vorlesung musste und ihre Sachen nahm sie wahrscheinlich mit, weil sie nach der Vorlesung noch waschen musste. Ein kleines Indiz sprach immerhin für meine Theorie: Es waren nur die Sachen verschwunden, die offenkundig schmutzig waren. Ihr Computer war noch da. Wenn sie ausgezogen wäre, hätte sie ihn wahrscheinlich mitgenommen. Vermutlich hätte sie mir auch Bescheid gegeben und mit unserem Vermieter gesprochen, dass ich jetzt die Hauptmieterin war. Dann hätte ich eine neue Mitbewohnerin suchen müssen. Ich glaubte, dass das zumindest in München kein größeres Problem darstellen sollte.

Ich kam in dem Restaurant an und begrüßte meinen Chef. Alles war so wie immer. Sogar Matzes Stammplatz war von anderen Leuten besetzt. Das freute mich. Trotzdem hätte ich gerne mit ihm gesprochen. Mich hätten ein paar weitere Informationen interessiert. Mich hätte auch interessiert, wer Clara die ganze Sache angetan hatte. Der Abend war aber noch jung und ich musste noch fünf Stunden arbeiten. Wahrscheinlich würde er ohnehin irgendwann kommen. Ich hatte bisher noch keinen Arbeitstag, an dem Matze nicht gekommen war. Vielleicht konnte ich mehr Informationen aus ihm herausholen, damit ich auch Vronis Verschwinden erklären konnte. Tatsächlich musste ich nur eine Stunde warten. Matze spähte bereits in das Fenster. Wütend kam er auf mich zu und brüllte mich an. Ich war gerade dabei, zwei Geschäftsmänner zu bedienen. Dabei hielt ich ein Tablett in der Hand, auf dem Getränke standen.

„Was hast du dir dabei gedacht?", brüllte er.

„Wobei? Was willst du?", fragte ich.

Er schubste mich auf den Boden. Dabei ließ ich das Tablett fallen und die Gläser knallten auf den Boden. Das klirren war durch den ganzen Laden zu hören und mein Chef schaute aus der Küche.

„Du weißt genau, was du getan hast. – Deine E-Mail! Hast du überhaupt eine Ahnung, was du angerichtet hast?"

„Ich denke, du bist der letzte, der sich darüber beschweren sollte.", konterte ich.

Unser Gespräch eskalierte. Es war deutlich lauter, als ich erwartet hatte. Die Gäste drehten sich zu uns um und beobachteten, was passierte.

„Hör zu!", brüllte er.

Mehr kam aber nicht. Jetzt war meine Gelegenheit, nachzufragen, was er mit Clara gemacht hatte. Für einen kurzen Moment musterte er meine rechte Hand. Alle Finger waren noch dran. Könnte es sein, dass er seinen Trupp auch auf mich gehetzt hatte?

„Was hast du mit Clara gemacht, du Schwein?", schrie ich.

„Das Gleiche was... wieso...warum hast du noch...?", er stotterte und wurde sichtlich wütend.

Ich war nicht dumm. Ich konnte auch eins und eins zusammenzählen. Offensichtlich hatte er seine Truppe auch beauftragt, meine Finger abzuschneiden. Anders hätte ich mir dieses Gestotter nicht erklären können.

„Die haben mich verarscht! Ich bin verarscht worden."

Langsam klang Mathias wie ein Irrer. Auch wenn er nicht so viel gesagt hatte, hatte ich endlich meine

Antwort. Er hatte diesen Schlägertrupp auf Clara gehetzt und der Trupp hätte auch mich angreifen sollen. Warum er das nicht tat, wusste ich nicht. Das wusste noch nicht einmal er. Darum war er so schockiert, dass es mir noch gut ging. Der Fall war für mich erledigt: Matze war der Böse in dieser Geschichte. Er demütigte mich, er ließ Clara verletzen und hatte es auch mit mir vor. Jede Diskussion über irgendeinen Verein war in meinen Augen überflüssig. Veronika war nur bei einer Vorlesung. Mehr nicht.

Matze sprang auf meine Hüfte, während ich noch am Boden lag. Erdrückte mich runter und presste seine rechte Hand auf meine Kehle. Dabei beachtete er nicht die Menschen um sich herum. Ein Mann stand auf, und befreite mich von ihm. Sofort sprang ich auf. Auch Herr Jäger war mittlerweile nach vorne gekommen. Herr Jäger rief nur: „Herr Umfang, bitte lassen Sie meine Angestellte los!"

„Du hast mein Leben zerstört. Du weißt doch gar nicht, wie viel mir mein Job bedeutet. Ich habe Schulden. Nicht nur bei der Spielbank!"

Er hatte mir einen weiteren wichtigen Hinweis übermittelt. Scheinbar gab es noch weitere Schulden. Es war also nicht so unwahrscheinlich, dass er diesem Verein auch noch etwas schuldete. Aber warum war er dann in der Lage, einen Schlägertrupp zu bezahlen? War dieser Trupp vermutlich gar nicht von diesem Verein?

Aber warum passte das mit dem Fingerabschneiden dann so gut? War er mit dieser Institution mehr verwoben, als ich vermutete?

Ein Gast hatte die Polizei gerufen, die zum Glück sehr schnell kommen konnte. Matze flüchtete und konnte im Restaurant nicht mehr festgenommen werden. Die Beamten befragten mich, was passiert war. Ich erzählte alles, was ich wusste. Nur die Spekulation mit dem Verein ließ ich weg. Ich sagte aber, dass ich vermutete, dass er den Angriff auf Clara geplant hatte und mich ebenfalls angreifen lassen wollte. Die Polizei schrieb gut mit. Ich nannte auch meine Indizien, die ich liefern konnte. Die Gesprächsfetzen wurden von den Gästen als Zeugen festgehalten. Gegen Matze wurde Haftbefehl erlassen.

Was Matze selber passierte, konnte ich am nächsten Tag leider nur in der Zeitung lesen: Nachdem er aus dem Restaurant geflüchtet war, rannte er in seine Wohnung. Die Situation mit den Schulden, der Erpressung, dem Verlust seiner Karriere und der plötzliche Druck durch die Polizei, die jeden Augenblick vor der Tür stehen konnte, schienen ihn zu überlasten. Noch bevor die Polizei ihn festnehmen konnte, nahm er sich selber das Leben. Die Beamten fanden ihn, wie er aus dem Schlafzimmerfenster seiner Wohnung hing. Er hatte sich mit seinem braunen Gürtel aufgeknüpft. Weil sein Kopf an der unteren Seite des Fensters anstieß, hatte er eine Kopfverletzung, die in Verbindung mit dem Hängen, seinen Tod noch beschleunigte. Es muss ein entsetzlicher Anblick gewesen sein. Als ich diese Informationen las, hatte ich ein wenig Mitleid. Er machte mir mein Leben schwer und war für einiges Schlechtes verantwortlich. Immerhin hatte er einen Angriff auf Clara veranlasst und mich erpresst. Er war auch dafür verantwortlich, dass sich die halbe Uni über mich ihr Maul zerriss.

Als ich nach der Arbeit zurück nach Hause kam, war Vroni immer noch nicht zu sehen. Es war halb zwei nachts. Wenn sie wirklich nur bei einer Vorlesung gewesen sein sollte, wäre sie jetzt wohl wieder zu Hause. Ich machte mir schon Sorgen. Vielleicht war ihr was passiert. Vielleicht hat dieser Steffen ihr was angetan. Wer weiß, wozu dieser Verein fähig war, wenn es ihn tatsächlich gab? Ich schloss die Tür ab und machte mich bettfertig. Ich schaute auf mein Handy. Janin hatte mir geschrieben, dass sie sich darauf freue, mit mir zusammenzuarbeiten. Ein wenig happy war ich tatsächlich. Wir hatten ein neues Model gefunden, mit dem wir arbeiten konnten. Es freute mich einfach, dass mich nicht alle in der Uni für ekelhaft hielten. Die Produktion von Fetischvideos war einfach ein Teil von mir geworden in den letzten Tagen und Wochen. Aufgeben wollte ich meine neue Tätigkeit bestimmt nicht. Eigentlich wollte ich sogar expandieren. Janin war der erste Schritt, in die richtige Richtung. Mit oder ohne Vroni.

Kapitel 28

Es war Samstag. Vroni war bisher nicht aufgetaucht. Für dieses Wochenende hatte ich große Pläne: Ich wollte heute Clara besuchen und mich danach mit Janin auf einen Kaffee treffen. Mein erster Halt war natürlich das Krankenhaus. Den unfreundlichen Typen an der Information konnte ich links liegen lassen. Ich kannte meinen Weg und die Frau am Empfang von Claras Abteilung kannte mich auch bereits. Ich hatte ihr so viel zu erzählen. Mit einem Lächeln begrüßte ich die Dame an der Rezeption. Sie wusste genau, was ich wollte und hielt mir das Formular hin. In Claras Zimmer konnte ich natürlich selbstständig gehen.

„Guten Morgen, meine Liebe!", begrüßte ich sie.

Clara sah deutlich besser aus. Sie hatte eine Tageszeitung in der Hand und deutete auf die Schlagzeile. „Selbstmord in der Maxvorstadt". Dass sie über die Nachricht happy war, konnte man jetzt nicht behaupten. Immerhin war sie einige Jahre mit Matze zusammen gewesen. Auch die hilflosen Versuche der Redaktion, die Identität des Selbstmörders zu verschleiern, waren erfolglos. In der Zeitung hieß er „*Dennis R.*".

„Weißt du, was gestern passiert ist?", fragte Clara.

Sie war sichtlich nervös. Ich nickte. Immerhin hatte ich Matze gestern das letzte Mal gesehen nur eine halbe Stunde vor seinem Tod. Ich schilderte ihr meine Version der Geschichte, dass er mich angriff und flüchtete, als die Polizei im Anmarsch war. Den Rest konnte ich auch nur aus der Zeitung erfahren. Die Nachricht hatte mich heute Morgen auch überrascht. Sie war als Pop-Up-Nachricht auf meinem Handy angekommen.

Ich sah, wie Clara eine Träne über die Wange lief. Natürlich war sie sauer, natürlich war ihr bewusst, dass Matze etwas mit ihrem Zustand zu tun hatte, aber sie wollte ihm trotzdem nichts Böses. Es war bestimmt nicht leicht für sie. Eine kurze Zeit sagte ich nichts. Die Stille tat auch mal gut. Clara drehte den Kopf zu mir. Die Stille war ihr jetzt genug.

„Du sag mal", grinste sie, „was ist das eigentlich mit meinem Pfleger und dir?"

Ich schaute ertappt auf den Boden.

„Wieso?", fragte ich verlegen. „Was soll denn sein?"

„Jetzt tu doch nicht so.", lachte sie. „Er hat mich jetzt schon zweimal gefragt, wer mich immer besuchen kommt. Schließlich habe ich mich heute Morgen entschieden, ihm deine Nummer zu geben."

„Das hast du nicht!", lachte ich.

232

Irgendwie war ich total froh, dass ich so eine super Freundin hatte. Aber warum gab sie einfach meine Nummer weg? Clara wusste, was gut für mich war und sie handelte einfach ohne zu fragen. Dieses impulsive Verhalten konnte mir so einige Türen öffnen. Ich hoffte nur, dass sich der Pfleger schnellstmöglich bei mir meldete. Ich wollte ihn an diesem Wochenende ebenfalls sehen. Am Sonntag hatte ich noch ein wenig Zeit. Wenn er am Sonntag einen freien Tag hatte, könnten wir uns sehen. Ich beugte mich zu Clara herunter und küsste sie auf die Stirn. Sie tat alles für mich, auch wenn sie gerade im Krankenhaus war. Dafür war ich ihr sehr dankbar.

„Ich bin froh, dass ich Psychologie studiere und nicht Mathematik.", begann Clara.

„Warum denn das?", fragte ich.

„Jetzt kann ich nur noch bis acht zählen."

Dabei hielt sie ihre rechte Hand hoch und lachte. Dieser Witz war sehr makaber. Ich schämte mich fast ein Bisschen, dass ich sogar vor ihr laut lachen musste. Schön, dass sie die Verletzung mit Humor sah. Ich war echt gespannt, wie Claras Volleyballkarriere durch die fehlenden Finger beeinflusst wurde. Das würde sich wohl in den kommenden Wochen und Monaten zeigen. Ich war nur froh, dass sie da war und sie schon wieder über die Situation lachen konnte.

Kapitel 29

Den ganzen Vormittag verbrachte ich bei Clara. Wir reizten die Besuchszeit voll aus. Die Dame, die Clara betreute, versicherte mir, dass sie schnell wieder auf den Beinen sei und bald wieder entlassen werden konnte. Ich freute mich einfach, dass meine beste Freundin wieder auf dem richtigen Weg war. Am späten Nachmittag traf ich mich mit Janin. Wir entschieden uns in ein Café in der Türkenstraße zu gehen. Dieses Café war nicht so weit von der Uni entfernt und auch nur wenige Meter von unserer Wohnung.

Janin stand etwas eingeschüchtert vor dem Café und wartete auf mich. Als wir uns begrüßen wollten, wusste keiner von uns ob Umarmung, Handschlag oder nur freundliches Nicken. Schließlich entschieden wir uns für eine Umarmung. Janin trug einen weißen Strickpullover und eine schwarze Jeanshose. Darunter weiße Sneakers. Sie sah wie ein typisches Mauerblümchen aus. Aber ich war die letzte, die sich darüber beschweren sollte. Das Gespräch war entspannter als ich erwartet hatte. Wir lernten uns erst persönlich kennen und sprachen uns ein wenig aus. Sie erzählte mir, dass sie ursprünglich aus der Nähe von Frankfurt am Main war und häufig wegen ihrem Aussehen ausgelacht wurde. Ich musste zugeben:

Die Brille war nicht wirklich vorteilhaft, aber dahinter steckte eine wunderschöne Frau. Ihre Augen leuchteten vor lauter Lebensenergie und ihr Gesicht machte einfach einen total lieben Eindruck. Ich war mir sicher, dass es so einige Männer geben musste, die sich einen näheren Kontakt mit ihr wünschen konnten. Ich machte ihr ein paar Komplimente und sie kicherte lieb. Dieses Geräusch war schöner als mein albernes Lachen. Ihr Kichern war wie Musik in meinen Ohren. Es klang einfach, wie ein Engel. Sie sah wirklich bezaubernd aus. Janin überschlug ihre Beine und ihre Füße streiften unter dem Tisch meine Schienbeine. Irgendwie glaubte ich, dass sie für unser Projekt ein guter Fang war. Es gab bestimmt viele Männer, die sie sehen wollten.

„Warum hast du dich bei mir gemeldet?", fragte ich, nachdem wir uns eine halbe Stunde zu weniger spannenden Sachen ausgetauscht hatten.

„Weil ich euer Projekt als Chance sehe, mich endlich schön zu finden", sagte sie. „Ich bin nicht die Frau, die die Männer gerne ansehen. Wenn dann aber jemand Videos mit mir kauft, um seinen Sexualtrieb zu befriedigen, habe ich dadurch ein neues Selbstvertrauen."

Das war ein sehr interessanter Ansatz. Von der Seite habe ich diese Situation bisher noch gar nicht betrachtet. Ich hatte eine äußerst interessante Frau vor mir, das musste ich schon zugeben.

„Interessant, Janin.", sagte ich. „Was glaubst du, wann wollen wir mit Drehen anfangen?"

„So schnell es geht!"

Klare Frage, klare Antwort. Das gefiel mir an der Kleinen. Sie wusste, was sie wollte. Sie war mit Sicherheit auch deutlich attraktiver, als sie sich selbst eingestand. Sie musste einfach nur ihr Selbstvertrauen aus sich herauskitzeln. - Oder war das meine Aufgabe?

„Lass uns zahlen und dann gehen wir zu mir.", sagte ich entschlossen.

Janin war damit einverstanden. Das ging echt schnell. Wahrscheinlich hatte ich es als Frau auch deutlich einfacher, Models zu finden, als ein Mann. Diese Gedanken machten mich wieder stutzig. Ich hielt die ganze Sache mittlerweile für mein eigenes Projekt und das nur, weil ich Vroni ein paar Tage nicht gesehen hatte. Aber ich war mir sicher, dass Vroni es ebenso sehen würde. Es ist unser Projekt und wenn Vroni nicht da war, eben mein eigenes. Endlich war ich die Produzentin. Janin leerte ihren Kaffee und stand auf. Schnell ging ich zur Bedienung und bezahlte für uns. Auf dem Weg in unsere Wohnung schaute ich kurz auf mein Handy. Eine Nachricht war eingegangen. Freudig öffnete ich sie. Der Pfleger hatte mir leider nicht geschrieben, dafür aber jemand anderes: Vroni.

Hey, ich bin erstmal nicht da. Wir sehen uns in einem halben Jahr.

Jetzt hatte ich Gewissheit, dass sie erstmal nicht da war. Aber wo war sie? Was hatte sie vor oder vor was versteckte sie sich? Ich bat Janin, kurz stehen zu bleiben. Ich sammelte mich ein wenig und tippte dann:

Wo bist du? Warum bist du so lange weg?

„Eigenartig.", sagte ich.

Janin merkte, dass mit mir etwas nicht stimmte.

„Ist alles in Ordnung, Laura?", fragte sie.

Ein wenig komisch war mir schon. Das konnte ich nicht leugnen oder verstecken. Sollte ich jetzt doch schon wieder ein Video drehen oder den Schock erst verdauen? Auf der anderen Seite erwartete ich bereits seit zwei Tagen, dass irgendwas nicht stimmte. Es gab für mich also keinen Grund, überrascht zu sein. Ich nickte Janin zu und holte meinen Schlüssel aus der Tasche. Gemeinsam betraten wir unsere Wohnung und ich bat sie direkt, in Vronis Zimmer zu gehen. Ich erklärte ihr, dass wir in diesem Raum all unsere Videos produzierten. Janin sah sich um und sah sichtlich beeindruckt aus. Sie fand das alles sehr faszinierend.

„Was machen wir jetzt?", fragte sie.

Ich lachte. Es war interessant, jemanden mit so viel Euphorie in diesem Raum zu haben.

„Schau mal in die Kiste da.", sprach ich und deutete auf unsere Spielzeugkiste. „Vielleicht gefällt dir ja ein Outfit."

Sofort sprang Janin zur Kiste und durchwühlte sie. Die Lederriemen schienen ihre Aufmerksamkeit nicht sonderlich zu wecken. Jedoch zog sie nach ein paar Sekunden den Blauen Morphsuit heraus und hielt ihn mir vor die Nase.

„Sowas wollte ich schon immer mal anhaben."

„Dann schlüpf rein.", ermutigte ich sie.

Sie zog ihren Pulli und ihre Jeans direkt vor meinen Augen aus. Damit hatte sie offensichtlich keine Probleme. Ich sah, wie sie den Anzug über ihre Socken streifen wollte.

„Socken aus!", rief ich. „Du musst da barfuß rein, sonst bringt das nichts."

Sie sah zu mir hoch. Ich versuchte, so ernst wie möglich zu schauen. Sie zog ihre weißen Socken aus und schmiss sie auf das Bett. Dann steckte sie die Beine in den Anzug und strich ihn über ihrer Haut glatt. Sie stand auf und steckte auch ihre Hände durch die Armschlitze. Schließlich hatte sie den Anzug komplett angezogen. Bei dem Reißverschluss am Rücken half ich ihr ein wenig. Sie ging zu Vronis Spiegel und betrachtete sich. Ihre Hände fuhren an dem seidigen Anzug entlang. Wahrscheinlich dachte sie das gleiche, was ich dachte, als ich das erste Mal einen Anzug dieser Art anhatte. Sie fand sich plötzlich irgendwie perfekt. Der Körper, an dem sie jahrelang gezweifelt hatte, war glatt und wunderschön. Sie hörte nicht mehr damit auf, sich im Spiegel anzusehen. Ich stellte mich hinter sie und strich ihr ebenfalls über die Hüften. Ich probierte, die Falten auszubügeln, die der Anzug stellenweise aufwarf. Mit einem Finger strich ich über ihre Rippen. Na, wo war die Reaktion? – Da war sie. Janin zuckte zur Seite und stieß ein verlegenes Kichern aus.

„Nanu", sagte ich, „was war denn das?"

Ich nahm meine Hand kurz weg und piekte ihr wieder in die Seite. Sie schrie auf und kicherte.

„Bitte nicht, Laura.", bettelte sie. „Ich bin kitzlig!"

Das wollte ich hören. Meine beiden Hände griffen in ihre Rippen und drückten ihren Brustkorb ein wenig zusammen. Dabei bewegte ich meine Finger wie die Beine einer Spinne und bohrte mich tiefer in ihre Seiten herein. Janin schrie und versuchte, sich aus meinen Fingern herauszudrehen. Doch natürlich ließ ich sie nicht. Ihr Lachen war zuckersüß und ich fand Gefallen an der Sache. Jetzt war ich die, die am längeren Hebel saß.

Janin beugte sich nach vorne und dann lehnte sich zurück, um meine Hände loszuwerden. Ihr Lachen klang mittlerweile schon ein wenig krampfhaft. Es war echt niedlich. Als sie sich zurücklehnte, zog ich sie zurück, sodass ich sie auf den Rücken plumpsen ließ. Sie lag jetzt mit dem Rücken auf mir und ich hatte die Gelegenheit, meine Beine um sie herumzuschlingen.

„Bitte, Laura...", lachte sie, „hör auf! Bitte!"

Meine Beine umschlungen ihren Körper. Bewegungsfreiheit: Fehlanzeige. Jetzt hatte ich die arme Janin genau da, wo ich sie haben wollte. Sie konnte sich nicht rühren oder vor mir wegrennen. Ich zog ihren linken Arm hoch und kitzelte sie unter den Achseln. Ihre Reaktion war noch heftiger: Sie schrie nur noch und zappelte immer wilder. Dabei wedelte sie mit ihrem Kopf hin und her. Mit meinem rechten Arm schaffte ich es, ihren Kopf zu fixieren, um trotzdem mit meiner Hand in ihrer Achsel zu landen. Ihr Gekreische war Musik in meinen Ohren. Der Anzug passte wirklich gut zu ihr. Ich spürte, wie seine glatte Oberfläche unter meinen Fingern vorbeiglitt. Bestimmt machte er die arme Janin noch kitzliger. Ihre Beine strampelten hilflos in der Luft herum. Ich wollte einfach nicht von ihr ablassen. Wenn doch bloß schon die Kamera mitlief. Langsam verwandelte sich ihr Lachen in eine immer krampfhaftere Schnappatmung. Ich merkte, dass es ihr absolut keinen Spaß machte und sie langsam Schmerzen im Zwerchfell bekam. Aufhören wollte ich aber nicht. Ich wollte die

Grenzen meines neuen Models austesten. Warum auch nicht? Schließlich hatte sie sich freiwillig gemeldet.

„Ah... ah...!", schrie sie, „bitte... bitte... aufhö...!"

Es war irgendwie süß. Ich dachte gar nicht daran, aufzuhören. Darum wollten mich alle immer nur auskitzeln. Es war ein fantastisches Gefühl, diese Macht über einen Menschen zu haben. Ich bestimmte, wann die Qual vorbei war und ich bestimmte auch, wo ich sie anfasste. Meine Hände wanderten langsam in Richtung ihrer Hüfte. Hier unten war sie nicht weniger kitzlig. Sie schwenkte ihre Beine von links nach rechts und stieß dabei immer wieder verzweifelte Hilferufe aus. Schließlich schaffte sie es, sich auf den Bauch zu drehen. Mit ihrem Gesicht landete sie auf meiner Taille. Mein T-Shirt war nach oben gewandert, sodass mein Bauch frei lag. Sie pustete in meinen nackten Bauch und ich stieß einen Schrei aus. Jetzt hatte sie auch meine Schwachstelle gefunden. In dem kurzen Moment, in dem ich sie losließ, packte sie meine Seiten und rächte sich bei mir. Ich lehnte mich nach vorne und versuchte, sie wegzudrücken. Das hatte ich verdient, musste ich zugeben. Ich kicherte und auch Janin nahm ihre Hände nicht mehr von meinem hilflosen Körper. Ich windete mich nach links und rechts und stieß einen lauten Schrei aus. Dabei lachte Janin mich aus und erwähnte schnippisch: „Na, Laura, bist du etwa kitzlig? Damit habe ich jetzt aber nicht gerechnet."

Wir waren jetzt schon ein gutes Team. Wir nahmen uns beide nichts. Sie war ein klasse Model. Jetzt war es nur noch an der Zeit, die Kamera bereitzumachen. Ich schaffte es schließlich, mich aus ihrer Folter zu befreien und sagte dann:

„Die nächste Attacke heben wir uns fürs Video auf."

Sie stellte sich brav in die Ecke, während ich die Kamera aufbaute. Das war sonst immer Vronis Aufgabe. Ich war mir sicher, dass ich die nächsten Monate sehr gut auch ohne sie auskommen würde.

Schließlich sprang ich zu unserer Kiste und holte den anderen Anzug heraus. Ich streifte ihn über und setzte mich aufs Bett. Die Kamera lief. Mein Gesicht war zu erkennen. Das war mein Plan. Ich wollte, dass die ganze Welt mein Gesicht sah. Die Welt sollte sehen, dass ich ein hübsches Gesicht hatte und dass ich genau wusste, was Männer wollten. Ich war nicht billig. Ich war die unerreichbare Frau, die du nicht ansprechen konntest, weil du eh einen Korb bekommen würdest. Das war mein neues Image. Ich, Laura Horn, hatte keinen Grund mehr, mein Gesicht zu verstecken. Es kannten sowieso alle. An meiner Kunst gab es nichts Verwerfliches. Es war Kunst.

Janin setzte sich neben mich aufs Bett. Ein letzter Blick auf mein Handy: Eine unbekannte Nummer hatte mir geschrieben. Ich wusste genau, wer das war. Ein glückliches Grinsen überkam mich, was durch externe Einflüsse noch verstärkt wurde. Janin kitzelte mich bereits unter den Achseln und unsere Videoproduktion war im vollen Gange. Janin hatte kein Problem, sich vor laufender Kamera zu zeigen. Sie war wunderschön und ihr freches Lachen klang unfassbar niedlich. Sie war wirklich genial. Janin war meine neue Partnerin, mit der ich viel Geld verdienen konnte.

Unser Plan zahlte sich aus. Seitdem ich mein Gesicht zeigte, schossen unsere Umsatzzahlen noch weiter in die Höhe. Ich war scheinbar schon immer die Frau, die Männer sehen wollten. Ich war sogar so beliebt, dass sie dafür zahlten, mich zu sehen. Das war ein fantastisches Gefühl. Ich brauchte mich noch nicht einmal vor der Kamera auszuziehen oder ähnliches. Es gab zum Glück genug Fetische, die auf Kleidung zurückzuführen waren. Über Vroni machte ich mir kaum Gedanken. Ich war mir sicher, dass sie genau wusste, was sie tat. Jetzt wo Matze nicht mehr da war, hatte ich auch keine Angst mehr vor irgendeinem Verein. Wer sollte mir auch was antun wollen? Ich versuchte, mich aus allem herauszuhalten. Als Clara entlassen wurde, wollte sie auch in unseren Videos mitspielen. Natürlich sagte ich nicht nein. Auch meine beste Freundin erkannte eine neue Leidenschaft: Nämlich mich durchzukitzeln. Aber das war schön, denn ich liebte ihren Körperkontakt. Leider hatte sie aber einen kleinen Nachteil, schließlich hatte ich zwei Finger mehr als sie. Clara wurde ebenfalls zur Partnerin, die regelmäßig mitmachte. Dabei blieb es nicht. Schon bald hatte ich eine ganze Auswahl an Models, die mitmachen wollten. Diese Frauen waren alle stark und mutig. Sie waren nicht billig, wie es das Klischee sagte. Sie waren stark auf ihre eigene Art und Weise: Für perverse Typen waren sie außerdem unerreichbar.

Unerreichbar, nicht billig!

Danksagung

Ich möchte allen danken, die mich dabei unterstützt haben, dieses Buch zu schreiben. Es hat mich ein wenig Überwindung gekostet, meine Gedanken zu Papier zu bringen, um eine hoffentlich spannende Geschichte mit erotischem Touch zu entwickeln.

Vor allem aber möchte ich meiner Mutter danken, die immer für mich da war und jedes meiner Spiele begleitet hat. Du bist die Beste, Mama.

Vielen Dank auch an Patrick, der mich dazu ermutigte, meine kranke Geschichte zu veröffentlichen. Ich weiß, deine Projekte sehen eigentlich ganz anders aus. ;)

Ich verspreche euch, dass dies nicht mein letztes Buch war. Schon jetzt arbeite ich an meinem nächsten Buch:

„Der Verein der ehrenhaften Münchner"

(Das ist zumindest mein Arbeitstitel)

Viele Grüße, eure Larissa.